COLLECTION FOLIO

Georges Perec

Les mots croisés

*précédés de considérations de l'auteur
  sur l'art et la manière
  de croiser les mots*

P.O.L

Les grilles qui composent ce volume sont extraites de l'album disponible chez P.O.L *Les mots croisés* de Georges Perec. Nous recommandons cet ouvrage aux lecteurs qui souhaiteraient découvrir l'intégralité des mots croisés de l'auteur.

Les grilles 1 à 91 ont d'abord été publiées dans *Le Point*, les grilles 92 à 98 dans *Politique Hebdo* et les grilles 99 et 100 dans le *Journal médical des voyages*.

© *P.O.L éditeur 1999 et Éditions Gallimard 2012
pour la présente édition.*

L'œuvre de Georges Perec (1936-1982) connaît un succès croissant. Étonnamment diverse et originale, elle a renouvelé les enjeux de l'écriture narrative et poétique. Ainsi Perec s'est-il fait explorateur de notre environnement, tour à tour narquois (*Les choses*, prix Renaudot 1965) ou fantaisistement méthodique (*Espèces d'espaces*), inventeur de nouvelles formes de l'autobiographie (*La boutique obscure*, *W ou le souvenir d'enfance*, *Je me souviens*) ou chroniqueur du renoncement au monde (*Un homme qui dort*). En jonglant avec les lettres et les mots, il a transformé le langage en un jubilatoire terrain de jeux et d'inventions (*Quel petit vélo à guidon chromé au fond de la cour ?*, *La disparition*, *Les revenentes*) ou en un laboratoire qui s'ouvre aussi bien à la poésie (*Alphabets*, *La clôture*) qu'à la rêverie philosophique (*Penser/classer*). Il a été un des membres importants de l'OULIPO (Ouvroir de Littérature Potentielle). *La Vie mode d'emploi* (prix Médicis 1978), ce « romans » qui contient une centaine de romans et mille bonheurs et perplexités de lecture, offre comme une éblouissante synthèse de toutes ses recherches.

Avant-propos

La fabrication d'un mot croisé se compose de deux opérations tout à fait différentes et, à la limite, parfaitement indépendantes l'une de l'autre : la première est la construction de la grille, la seconde la recherche des définitions.

La construction de la grille est une tâche fastidieuse, minutieuse, maniaque, une sorte d'arithmétique à base de lettres où il importe seulement que les mots aient telle ou telle longueur et que leur superposition fasse apparaître des groupes compatibles avec la construction verticale d'autres mots[1] ; c'est un système de contraintes primaires

---

1. En relisant cette phrase je me suis dit qu'elle serait peut-être plus claire si je donnais un exemple. Soit un mot choisi au hasard :
MIMOSA
il existe évidemment six possibilités d'écrire des mots, disons de six lettres, commençant respectivement par M, I, M, O, S, et A. Mais si j'écris sous le mot MIMOSA, mettons, le mot BETISE :
MIMOSA
BETISE
je supprime instantanément quatre de ces six possibilités, car il

où la lettre est omniprésente mais d'où le langage est absent. Au contraire, la recherche des définitions est un travail fluide, impalpable, une promenade au pays des mots où il s'agit de découvrir, dans ces alentours imprécis qui constituent la *définition* d'un mot, le lieu fragile et unique où il sera à la fois révélé et caché. Les deux opérations impliquent des facultés mentales qui pourraient presque sembler contradictoires : dans la première, on procède par essais et erreurs, en recommençant vingt ou trente fois une grille jugée toujours trop

---

n'existe pas de mots (ou si peu) commençant par MB, IE, MT et SS, et je ne pourrai plus construire de mots verticaux qu'à partir de OI (OISEAU, OISIVE, etc.) et AE (AEREES, AETIUS, etc.).

Par contre, si je choisis un mot comme ANIMER
        M I M O S A
        A N I M E R
les six groupes ainsi formés resteront susceptibles de donner des mots verticaux, par exemple MArine, INerte, OMnium, SEisme, ARrêté, etc.

Si je réussissais à recommencer encore quatre fois cette opération avec succès, j'obtiendrais une grille de 6 × 6 sans aucun noir. Mais dès la troisième superposition, le problème devient beaucoup plus ardu ; une configuration telle que :
        M I M O S A
        A N I M E R
        S O M B R E
peut donner quelque chose comme :
        M I M O S A
        A N I M E R
        S O M B R E
        Q U I R
        U I L E
        E S E R
mais que ferai-je alors de QUIR, d'UILE et d'ESER ?

imparfaite ; dans la seconde, on privilégie l'intuition, la trouvaille, la brusque illumination ; la première se fait à sa table, avec obstination et acharnement, en tâtonnant, en comptant, en effaçant ; la seconde se fait plutôt à toute heure du jour ou de la nuit, sans y penser, en flânant, en laissant son attention flotter librement dans le sillage des mille et une associations évoquées par tel ou tel mot. On peut très bien imaginer — et cela se voit d'ailleurs parfois — un mot croisé composé par deux cruciverbistes dont l'un fournirait les grilles et l'autre les définitions. En tout cas, les deux opérations sont presque toujours dissociées : on commence par construire la grille (généralement à partir du premier mot horizontal et du premier mot vertical — ce que l'on appelle la *potence* — que l'on a choisis d'avance en fonction de définitions jugées heureuses), et c'est une fois la grille achevée que l'on commence à chercher à définir les autres mots qu'elle contient. Pas seulement les mots, hélas, mais aussi les groupes de deux, trois, quatre lettres ou même parfois plus qui, en dépit des efforts de l'auteur, persistent à ne pas offrir spontanément de sens connu.

1. DES GRILLES ET DES NOIRS

Contrairement à la tradition anglo-saxonne où la disposition des noirs importe plus que leur nombre, les cruciverbistes français apprécient les grilles qui offrent le moins de cases noires possible. Une grille parfaite devrait ainsi ne comporter *aucun* noir : toutes les lettres devraient s'y croiser et former entre elles des mots ayant un sens. Les exemples qui suivent visent à démontrer la très grande difficulté de ces croisements parfaits. Certes, il n'est pas vraiment difficile de composer un mot croisé de 1 × 1 sans noir :

1

I

HORIZONTALEMENT
I. Voyelle.

VERTICALEMENT
1. Consonne.

Ce n'est guère plus ardu avec un mot croisé de 2 × 2 :

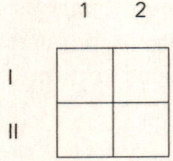

HORIZONTALEMENT
I. Vache. – II. Participe.

VERTICALEMENT
1. Pronom. – 2. Conjonction.

et c'est à peine plus dur avec un mot croisé de 3 × 3 :

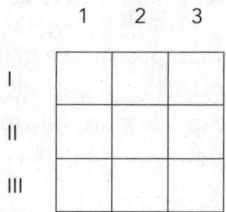

HORIZONTALEMENT

I. A ses états et sa grandeur. – **II.** Peut être doublement liquide. – **III.** Est en retard si c'est un indien.

VERTICALEMENT

1. On peut préférer la porter. – **2.** C'en est un. – **3.** Participe dans tous les sens.

Une grille de 4 × 4 sans noir ne semble pas davantage poser de problème insoluble :

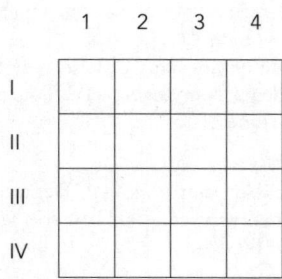

HORIZONTALEMENT

I. S'enfonce en Bretagne. – **II.** On n'en fait pas vraiment un drame… – **III.** Louis XIV. – **IV.** Fut bon en Provence.

VERTICALEMENT

1. Point de repère. – 2. Pied. – 3. Il peut prendre le sien. – 4. Se fit pincer en Espagne.

Mais si ces quatre premières grilles se font pratiquement sans efforts, il faut déjà une certaine dose de patience pour obtenir un mot croisé de 5 × 5 satisfaisant :

	1	2	3	4	5
I					
II					
III					
IV					
V					

HORIZONTALEMENT

I. A fait un enfant avec Colette. – II. Chiche ! – III. Espèces de garde-manger. – IV. Tourne. – V. Ce sont des pratiques.

VERTICALEMENT

1. C'est passer tout près. – 2. Dégradé. – 3. Ne fut donc pas un vaurien. – 4. C'est très vieux même sans H ! – 5. Blesses.

Quant à une grille de 6 × 6 sans noir, elle ne s'obtient qu'au prix de tâtonnements multiples ; celle qui suit m'a demandé plusieurs heures de travail et la consultation forcenée, sinon fiévreuse, d'un dictionnaire spécialisé :

```
       1   2   3   4   5   6
   I  [ ] [ ] [ ] [ ] [ ] [ ]
  II  [ ] [ ] [ ] [ ] [ ] [ ]
 III  [ ] [ ] [ ] [ ] [ ] [ ]
  IV  [ ] [ ] [ ] [ ] [ ] [ ]
   V  [ ] [ ] [ ] [ ] [ ] [ ]
  VI  [ ] [ ] [ ] [ ] [ ] [ ]
```

HORIZONTALEMENT

I. Spécialement équipé pour les jeux de l'amour et du hasard. – II. Croquait le marmot. – III. Croise. – IV. Ne se croient pas des masses. – V. C'est en 1959 qu'elle fut jumelée avec Hiroshima. – VI. Entrecroise.

VERTICALEMENT

1. Tout cru. – 2. C'est un désir de grenouille. – 3. Elle répond à un serment. – 4. Ils ont été mis en page. – 5. On peut se les payer avec sa carte ! – 6. Elle n'a pas écrit ses mémoires.

Ainsi, plus la surface de la grille augmente, plus il devient difficile de se passer de cases noires. On s'en serait évidemment douté. Mais je suis toujours surpris de vérifier à quel point cette difficulté est de plus en plus grande : jusqu'à un certain seuil, la composition d'une grille n'offre que des difficultés moyennes ; au-delà elle entraîne des embarras quasi insurmontables. On peut relativement facilement composer une grille de 9 × 9 avec six cases noires ; c'est un peu plus difficile avec cinq, extrêmement ardu avec quatre, et c'est cauchemardesque (ou miraculeux) d'arriver à trois ; pour une grille de 10 × 10, il me semble impossible de descendre en deçà de cinq ; et pour une grille de 12 × 10, il semble si peu probable de pouvoir arriver à 10 que le jour où il a enfin réalisé cet exploit, Robert Scipion, le cruciverbiste du *Nouvel Observateur*, a tenu à le faire remarquer à ses lecteurs, ce qui se comprend d'autant plus que, pendant des semaines et des semaines, il avait pu proposer, apparemment sans difficultés majeures et en tout cas sans avoir à recourir à des chevilles, des grilles avec onze cases noires.

On ne peut en effet croiser impunément les lettres sans susciter des groupements barbares, et la solution de la grille publiée au dos de cet ouvrage illustre bien, me semble-t-il, les inconvénients liés à ces tentatives illusoires d'élimination des cases noires. Certes il est réconfortant de découvrir que REIRCNE est un ENCRIER renversé, mais ce n'est qu'au prix de douloureuses (et parfois complaisantes) contorsions que l'on arrivera à faire semblant de définir des choses comme ATLE ou CCS.

	1	2	3	4	5	6	7
I	C	A	B	I	N	E	T
II	A	M	E	N	I	T	E
III	M	A	R	G	E	E	S
IV	A	T	L	E	■	I	T
V	R	E	I	R	C	N	E
VI	E	U	N	E	C	T	E
VII	T	R	E	S	S	E	S

2. TENTATIVE DE DÉFINITION DES DÉFINITIONS

Des définitions comme *Fleuve d'Italie* (en deux lettres) ou *Tous les chemins y mènent* (en quatre) m'ont toujours semblé absolument contraires à l'esprit même des mots croisés. La première est une définition réelle (simplement raccourcie par rapport à celle du dictionnaire), la seconde se contente de citer le proverbe d'où le mot à trouver est extrait.

On pourrait appeler ces définitions des définitions au premier degré ; elles établissent avec le mot caché une simple équivalence :

Fleuve d'Italie = PO

ou remplacent implicitement le mot à trouver par des points de suspension :

> *Tous les chemins mènent à...* = ROME
> *... Fait la force* = UNION

Pour que la définition commence à fonctionner, il faut qu'il y ait ambivalence. Le procédé le plus simple, en quelque sorte le deuxième degré de la définition, consiste à désigner le mot à découvrir (le signifié) par un signifiant qui désigne habituellement autre chose. Ainsi :

> *S'emploie pour coudre* = NOISETIER

ou, mieux encore :

> *Perche* = HABITE

Ou bien on désignera le signifié en mélangeant dans la même définition deux ou trois signifiants habituellement séparés :

> *Concerne triplement un curé officiant de bonne heure à Troyes* = AUBE
> *Se mange et se boit* = BLANQUETTE
> *Ses ouvrages sont plus gros que ses œuvres* = ART

Ou encore on s'arrangera pour enrober la définition dans un champ sémantique très éloigné de celui du signifié :

Entre le zinc et le ballon = SOUS-VERRE

On n'oubliera pas non plus ce que l'on pourrait appeler des méta-définitions, c'est-à-dire des définitions trouvant leur référence dans le vocabulaire même des mots croisés. Ainsi, si la définition du I horizontal est :

Devrait passer de l'autre côté

la réponse est sans doute : VERTICAL. Pour un 9 vertical défini par :

Sont à leur place

la réponse est VERTICAUX (à moins que ce ne soit NEUVIEMES). Et même si c'est un peu tiré par les cheveux, il est plus que vraisemblable qu'une définition du genre de :

Recherchait les bons mots croisés

renvoie à VILLEHARDOUIN.

À partir de là, d'innombrables variations sont possibles, y compris celles que l'on pourrait appeler homosyntaxiques, et qui rattachent la définition à un élément même du mot défini :

A déjà commencé... = EROSIO

Il lui manque effectivement une jambe =
ANPUTEE

Ce qui, en fin de compte, caractérise une bonne définition de mots croisés, c'est que la solution en est évidente, aussi évidente que le problème a semblé insoluble tant qu'on ne l'a pas résolu. Une fois la solution trouvée, on se rend compte qu'elle était très précisément énoncée dans le texte même de la définition, mais que l'on ne savait pas la voir, tout le problème étant de voir *autrement* : un mot de onze lettres simplement défini par *Do* (c'est une définition, bien sûr, de Robert Scipion) m'a plongé pendant des heures dans des abîmes de perplexité jusqu'à ce que je réalise que ce « do » était la moitié de « dodo » et que la réponse était DEMI-SOMMEIL.

Ce n'est pas par hasard si, dans les années trente, on appelait « Sphinx » celui qui composait les grilles et « Œdipe » celui qui tentait de les résoudre. La popularisation croissante de la psychanalyse a chargé ces termes de connotations troublantes, mais il n'en demeure pas moins, d'une part que la devinette posée par le Sphinx était, si j'ose m'exprimer ainsi, d'une simplicité aveuglante, et d'autre part, que ce qui est en jeu, dans les mots croisés comme en psychanalyse, c'est cette espèce de tremblement du sens, cette « inquiétante étrangeté » à travers laquelle s'infiltre et se révèle l'inconscient du langage.

3. DES CHEVILLES

La seule manière de se faire pardonner la présence dans une grille de groupes scandaleusement privés de sens, voire même strictement imprononçables, est de leur trouver des définitions plaisantes. L'exemple type est *Chef de gare*, en l'occurrence GA, ou encore RT devenant *Pris de court*.

Les 2ᵉ, 3ᵉ, 4ᵉ et énièmes degrés s'appliquent évidemment aux chevilles. C'est ainsi que l'on peut traiter comme des chevilles des mots qui n'en sont pas : on peut définir LU par *Participe*, mais aussi par *Se mange quand il est petit* ou *En plus* ou *Éclaire s'il est mignon* ; et quand on sera fatigué de définir TU par *Celé*, *Pronom* ou *Participe*, on n'aura que l'embarras du choix : *Tête de Turc*, *En voiture !*, *Entre le ver et le bleu*, etc.

Toutes les variations sur le désordre, la rupture, la folie sont bonnes à prendre pour définir des mots-anagrammes :

>   *Ému et bouleversé* = EUM
>   *Est effectivement en vrac* = RCAV (ou VACR, etc.)

Pour ma part je n'aurais plus jamais de scrupules à laisser traîner dans mes grilles des groupes du genre de svae, vsea, aevs, etc., étant sûr d'en donner la définition très exacte :

> N'y touchez pas, il est brisé !

Quant aux mots à l'envers, ou palindromes, ils se placeront évidemment sous la protection du bon roi Dagobert :

> *Dagobert !* = ior
> *Mettrait sa culotte à l'endroit* = trebogad
> *Bien placé pour conseiller Dagobert* = iole

etc.

4. DU RENOUVELLEMENT

Le principal inconvénient des belles définitions, c'est qu'elles ne peuvent plus resservir. Plus jamais on ne pourra écrire *Vide les baignoires et remplit les lavabos*, ou *Du vieux avec du neuf* ou *Feu rouge* ou *Elle aimait trop le parmesan* ; toute autre définition apparaît à côté rédhibitoirement fade et il est par conséquent pratiquement impossible de réutiliser les mots entracte, nonagenaire, staline ou sanseverina.

Il y a beaucoup de mots dans la langue française et il sera toujours possible d'en trouver de nouveaux pour les potences. Mais le problème risque d'être plus difficile avec les derniers mots horizontaux et verticaux : à force d'aller chercher des mots offrant un maximum de lettres « finales » (E, S, T, R, N, L) on finit par retomber tout le temps sur des mots comme TRESSEES, REALISTE, ESSENTIEL, SENSORIEL, SENTIMENTS, SENESTRES, NECESSAIRE, TERRESTRE, TERRORISE, ESSEULES, ELECTRISE, etc., que l'on s'interdit évidemment de définir deux fois de suite de la même façon.

C'est surtout pour les « petits mots » et les chevilles que le cruciverbiste doit faire preuve d'ingéniosité : un certain nombre de mots existent qui, en fin de compte, n'ont d'existence que dans les mots croisés ; ce sont ces fameux IO, EON, LAI, ITE, ERS, ANA, IBN, BEN et autres RU, PAT, MAT, INO, ENEE et UTE, et le cruciverbiste mettra un point d'honneur à leur trouver chaque fois une définition originale.

C'est ainsi qu'un auteur a pu écrire que nul ne saurait se déclarer mot-croisiste s'il n'était prêt à définir de 100 manières différentes la vache IO. Je n'en suis pour ma part qu'à 28 mais je ne désespère pas d'y arriver un jour prochain :

> A vu pis
> A fini sur son plancher
> Victime de la traite des blanches
> Aurait pu faire meuh
> N'a pas aimé sa nouvelle robe

Si elle avait été espagnole elle aurait massacré le français
Aurait pu faire son beurre
Aurait pu faire carrière dans un beuglant
Ah, la vache !
A été mise à l'Argus...
Cœur de Lion
2 sur 5
On l'a envoyée paître
A fini sur le pré
Se termine avec brio
S'en est mis plein la panse
Eut la tête près du bonnet
Pratiqua l'amour vache
On lui a fait une vacherie
S'est trouvée toute bête
On lui a fait les cornes
Morceau de brioche
En voiture mais en marche arrière
Voyelles
Une rouge et une bleue
Aurait dû ruminer sa vengeance
Ça lui a fait un effet bœuf
Fut mise en taure

On remarquera que quelques-unes de ces définitions ne s'appliquent pas du tout à notre génisse mais seulement aux lettres I et O.

5. D'UNE GRILLE INSOLUBLE

La définition formelle d'une grille insoluble est simple : c'est une grille dont on ne trouve pas une seule définition. Arriverait-on à poser avec certitude ne serait-ce qu'une lettre que l'on pourrait, par recoupements, fût-ce au prix d'interminables essais, reconstituer tout le problème. Des définitions comme *participe*, *possessif*, *article*, *direction*, *points*, *note*, etc. permettent de poser un U, ou un A, ou un L, etc. À partir de là il est toujours possible de trouver, par exemple, tel mot de six lettres ayant un A en troisième position, ou un N final.

Dans la pratique, je ne crois pas qu'il existe des grilles insolubles, mais seulement des grilles dont la solution est rendue plus difficile par le choix de mots peu connus. Bien que préférant pour ma part des grilles faites de mots simples dont la difficulté provient de définitions déconcertantes, je vous propose, pour en finir avec cette brève introduction, une grille dont les définitions somme toute banales cachent un certain nombre de mots plutôt rares :

HORIZONTALEMENT

I. Rien à voir avec le protecteur d'une fille de Zola. – **II.** Madame Soleil. – **III.** Était donc dans le noir. – **IV.** Fait un peu maigre. Pourrait être gras. – **V.** Fît monter. Plus tard devient explosif. – **VI.** Elle n'est pas pareille si elle a la gale. Ne s'est jamais fait avec jalousie. – **VII.** Gardait la chambre. Un vieux fidèle renversé. – **VIII.** Fait barrage en 36. Entre deux quartiers. – **IX.** Avec lui il y a un homme à la mer, mais pas n'importe quel homme.

VERTICALEMENT

1. Une pipe mais pas une sèche. – **2.** Pour les Cols-Bleus quand ils sont vraiment bleus. – **3.** Fait un peu de journalisme. On a ça dans le sang. – **4.** En tête de colonne. Quartier de Béziers. – **5.** Son travail était très au point. Pronom. – 6. Sont tous les deux montés très haut mais avec des moyens tout à fait différents. – 7. Plus de la moitié de La Haye. C'est ça. – 8. Un peu d'oisiveté. S'appliqua. – 9. N'évoque généralement pas Charrière.

6. SOLUTIONS

Nous ne ferons pas l'injure au lecteur de lui donner les solutions des grilles de 1 × 1 et 2 × 2. Pour respecter le tout petit sentiment de frustration que connaissent bien les amateurs obligés d'attendre le lendemain ou une semaine la solution d'une grille sur laquelle ils ont longtemps peiné, nous ne donnerons pas non plus la solution de la grille qui précède.

	1	2	3
I	A	M	E
II	L	O	T
III	E	T	E

	1	2	3	4
I	A	B	E	R
II	M	E	L	O
III	E	T	A	T
IV	R	E	N	E

	1	2	3	4	5
I	R	A	V	E	L
II	A	V	A	R	E
III	S	I	L	O	S
IV	E	L	U	D	E
V	R	I	T	E	S

	1	2	3	4	5	6
I	N	E	V	A	D	A
II	U	G	O	L	I	N
III	M	A	T	I	N	E
IV	E	L	I	T	E	S
V	N	E	V	E	R	S
VI	T	R	E	S	S	E

100 grilles

1

HORIZONTALEMENT

I. Elle ne se rase pas dans les fêtes foraines. – II. Évitent de moucher. – III. Elles ont peut-être rencontré les précédents. – IV. Une estrade complètement bancale. Une princesse si elle a un don. – V. Des gaines, mais alors scandale ! Possessif. – VI. En tas sur la grève. Sur la rive gauche du Danube. – VII. Soutien dans un autre sens. C'est un peintre et il ne s'appelle pas Harry ! – VIII. En pénitence. Avant de l'apprécier il faut passer son test. – IX. Surprise. – X. Difficile d'avoir une touche avec elles.

VERTICALEMENT

1. Elles sont en odeur de sainteté. – 2. Un mot de circonstance… – 3. La spécialité du X. – 4. Rien à voir avec la ligne bleue des Vosges mais va à la place. En pension. – 5. Protections. Une nourrice qui n'a pas les pieds sur terre. – 6. Ce sont des baies. N'a pas obtenu de voix. – 7. N'ont pas nécessairement d'oreilles et parfois pas d'oreille du tout. Nous fait faire partie. – 8. Dans l'auxiliaire. Se retournent si facilement ! – 9. Il est voué. – 10. Ce ne sont pas les mêmes dans la salle et sur le plateau.

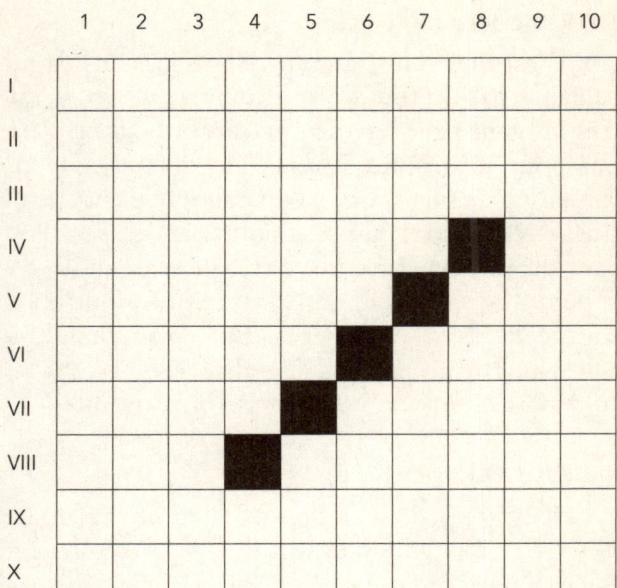

2

HORIZONTALEMENT

I. C'est une veste, comme le boléro, mais ça ne se danse pas du tout de la même façon. – II. C'est très fatigant peut-être de s'en servir, mais ce n'est pas pour ça qu'elles s'appellent comme ça. – III. Il n'a rien de saisissant. – IV. Diabolique chez Tartini. – V. Ils sont mis finalement en échecs. Prit tout droit. – VI. Montre, dans un sens, qu'Ibsen a perdu la tête. Celui-là, c'est sa muse qui lui a tourné la tête. – VII. Crut. Eut donc chaud. – VIII. Nous a fait la leçon. En absence. – IX. Ne se font plus n'importe comment. – X. Crevante.

VERTICALEMENT

1. Il est d'un autre siècle. – 2. C'est une façon de voir. – 3. Elle a bouffé du lion. – 4. A suivi un Stuart. Verdi serait juste à droite. – 5. Ce n'est pas du tout la même chose d'y être ou d'avoir le droit. Voilà où ça mène de se mettre en état d'apesanteur ! – 6. Courant pour Massu. Ne saurait être culte que pour des Juifs ou des Arabes. – 7. En plein contentement et même deux fois de suite. Pour les Anglais ils ont l'air pied. Trois sur cinq. – 8. Soufflent comme des phoques. Points. – 9. Fait de demain le jour d'après. Le premier président du siècle. – 10. Risque d'avoir un cheval tué sous lui.

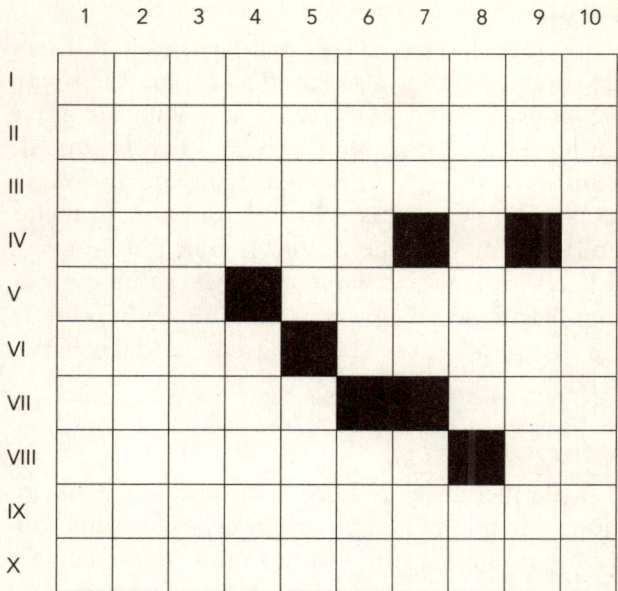

3

HORIZONTALEMENT

I. Les cachalots, ça leur pend au nez. – II. Deux de ses pensionnaires sont célèbres. – III. On savait où la prendre en filature… – IV. A un air grave au bord du Rhin… Noir et blanc. Fait la roue de l'autre côté. – V. Effectua une conversion. – VI. Sondée. Voyelles. – VII. Est toujours au même endroit. Fait le singe. – VIII. Il était plus souvent à la châsse qu'à la chasse. Allongée sa fin est longue. Participe à l'envers. – IX. Une des spécialités du restaurateur. – X. Permettent de défricher le terrain.

VERTICALEMENT

1. Permet aussi de faire la bombe. – 2. Finiront donc par un C.Q.F.D. – 3. Procèdent le plus souvent par élimination. – 4. Sus pour un facteur. En deux mots n'imprima pas. – 5. La chèvre peut l'être. Conjonction. – 6. Une danseuse indigène à qui il manque une jambe. Les trois quarts de la moitié. – 7. Abréviation commerciale. Article. Triplé pour un discours. – 8. Bloques. Symbole. – 9. Sous les oreilles ou sur les yeux. On peut y manger comme un porc. – 10. Elles se répètent.

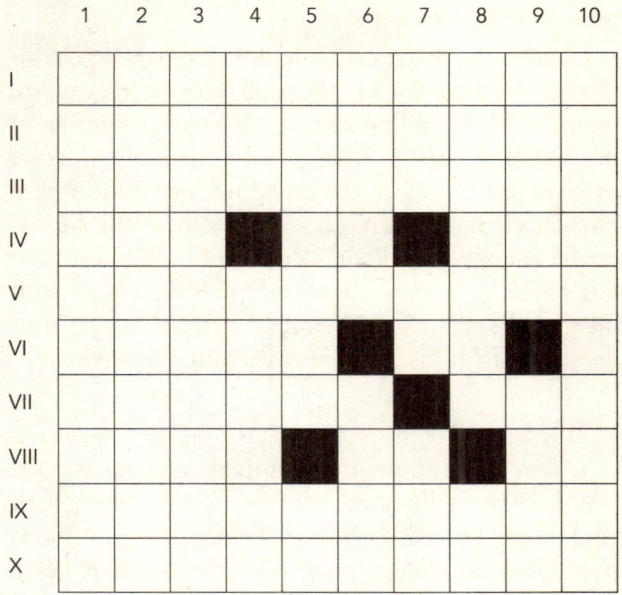

4

HORIZONTALEMENT

I. Elle nous est chère. – II. Au XVIIᵉ siècle, c'était l'heure du faune. – III. Ne peut faire partie que du menu. – IV. Est à l'ancre. Il y en a qui se cherchent des crosses... – V. Monte en tournant. Unie et sans ordre. – VI. L'envers d'un demi-moulin à paroles. Il n'y a rien sur ce caillou. – VII. Alourdirait encore plus l'eau. Voyelles. – VIII. Ce sont des baies. – IX. Les vacances qui s'y passent sont un grand spectacle. Chez les Grecs, il faisait tout de suite la philo... – X. Bien avant Gromyko.

VERTICALEMENT

1. Devrait logiquement mourir à sa naissance. – 2. Elle travaille avec le manuel. – 3. Nous font voir rouges. – 4. Elle est dans les pommes. – 5. N'est pas phonétiquement parti. Une pierre peut l'être de deux façons. – 6. C'est la même chose avec ou sans ses deux dernières lettres. Un vin suisse, en étant légèrement pompette. – 7. Barre, ou bien un fameux misanthrope. Chef de mécréant. – 8. S'il est accroché, c'est la tête en bas. Points. – 9. Espèce de sarrasin. Préposition inversée. – 10. Il fait certainement marcher son magnétophone à l'envers !

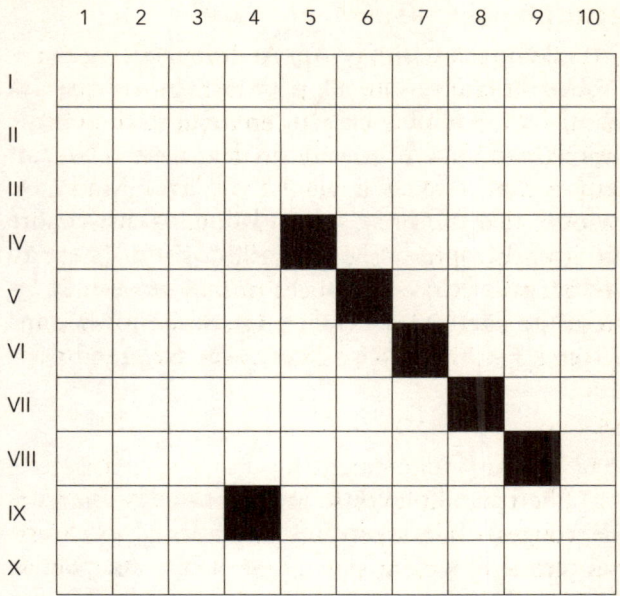

5

HORIZONTALEMENT

I. Aurait pu dire « Après moi le déluge ». – II. Fait l'ouverture. – III. Calvino lui a donné sa journée. – IV. Bouche à feu. Viennent tout de suite après la première. – V. Sort des cadres. Ne fait plus un pli. – VI. En plein XVIIIe avec Marc. De quoi se faire un Frisé ! – VII. Romains. Est encore plus tendre avec un M devant. S'il est né, c'est au début du siècle... – VIII. Elles ont pu fermer les yeux de Byron. – IX. Elle a un rôle à jouer dans Proust. Est à sa place ailleurs. – X. Se prend pour filer.

VERTICALEMENT

1. Arrosa Saint-Louis. – 2. Ils avaient donc des lettres. – 3. Bien avant les Balkans. Morceau de morceau. – 4. Chapeau si on y met un peu de forme ! Pour Napoléon il fut Auguste. – 5. Machin si l'on préfère. C'est bon quand on le double. – 6. Incise. – 7. Coule de source mais ça ne se voit pas tellement. – 8. Participe. Pronom. Un peu de munitions. – 9. Passe au rouge. – 10. A été traitée d'une façon un peu caustique mais ça l'a rendue brillante.

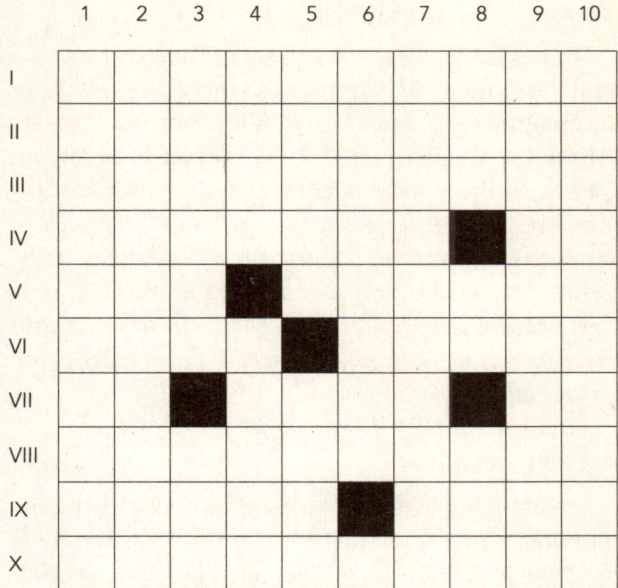

6

HORIZONTALEMENT

I. Ce n'est pas avec ses trucs qu'il arrive à nous rouler nous. – II. Apollinaire lui a donné de la compagnie. – III. Il est souvent en tournée. Article. Initiales très personnelles. – IV. Servit pour servir. Ça lui donnerait du goût. Dans un sens elle n'est plus en colo. – V. Tout ça c'est des histoires. – VI. Bouts de footing. Peuvent faire barrage. Badines. – VII. Ce n'est pas encore l'humanité mais c'est déjà l'aurore. Nuit. – VIII. Il peut quand même prendre son pied. – IX. Plus austères que les capucines.

VERTICALEMENT

1. Dangereux sur les routes mais quand même plus de la même manière qu'avant. – 2. Deux de plus qu'aux USA et un de plus qu'en France. – 3. Comme ça il faudrait la faire descendre. Une banque où l'on devrait compter en chiffres romains. – 4. Est morte au Proche-Orient. Un jouet bien malmené. – 5. Pour un pli dans l'écorce. – 6. Se double à la Bastille. De quoi être alarmé. – 7. Ramènent l'eau dans l'eau. Un être venu d'ailleurs. – 8. Quelques millions de lustres. Couche. – 9. En Afrique. Vieux bois. – 10. Ne désigne pas plus un partisan d'un frère de Napoléon Ier, qu'un admirateur de la femme de Napoléon III. – 11. Sues, en principe.

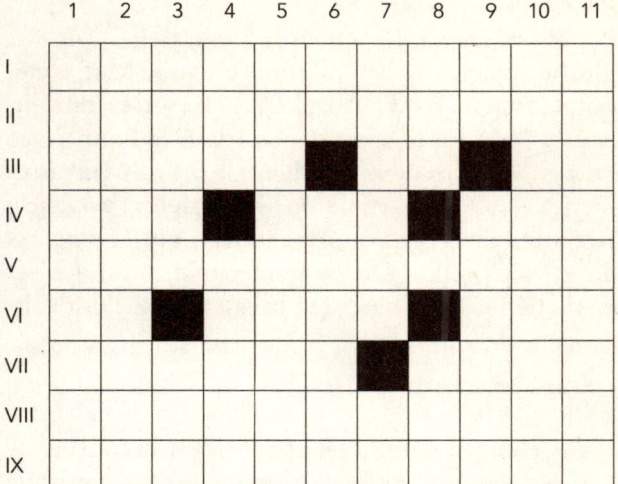

7

HORIZONTALEMENT

I. Il est bien élevé. – II. Sort à la fraîche. – III. Est plutôt avachi. – IV. S'honore chez Mallarmé. Point anglais. – V. Amoindris, très très amoindris… Avec lui on commence à voir le bout. Avec lui aussi c'est le commencement de la fin. – VI. Passe-temps. – VII. Un article ou des articles. Voyelles. Requise, mais pas à toute fin. – VIII. Nous est donné à l'oreille. On ne peut pas dire qu'il n'est pas aidé ! – IX. Cherche à ravaler. – X. Font diligence.

VERTICALEMENT

1. Celui qui est à sa tête peut payer la tournée… – 2. Ne devrait pas se faire pour un oui ou pour un non ! – 3. Ce n'est pas du tout la même chose de la faire avec quelqu'un ou à quelqu'un ! Pris en compte. – 4. Peut être amoureux. Anglais. – 5. Fin de partie. A fini au violon. – 6. Sont entrés dans la légende. Elle a eu de la branche. – 7. Démonstratif. L'est-il davantage quand il est triplé ? Veilla, à sa façon, au salut de l'Empire… – 8. Ne se prend pas dans ce sens. Serait réuni s'il n'était éparpillé. – 9. Voyelles. Elle peut faire un sacrifice. – 10. Bien avant le chewing-gum.

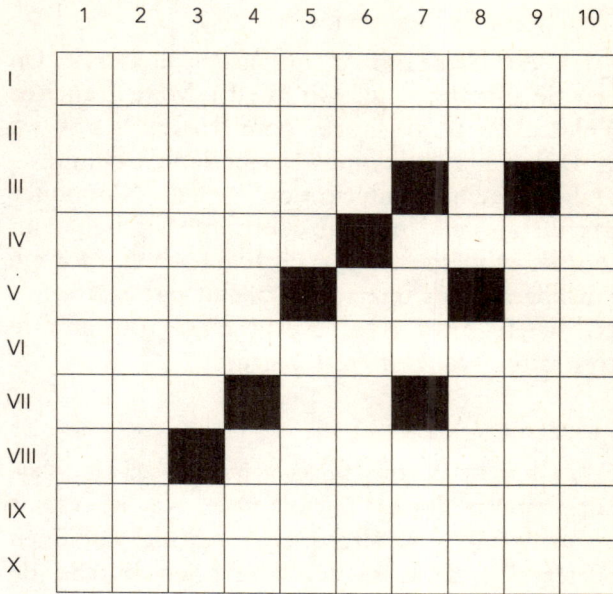

8

HORIZONTALEMENT

I. C'est Sartre qui l'a canonisé. – II. Durcit. Un peu de picrate. – III. Go West ! Mère francisée d'Hercule. – IV. Algéroises pour Rossini. – V. C'est la Dolorès à Vladimir. Un peu de calcium. – VI. S'inspirent... Interjection. – VII. N'annonce pas un au-delà bien au contraire. Un baba, un soufflé, et même un peu de flan ! – VIII. Ont été rabâchées. Pour une souris ça fait une trotte... – IX. A été cité. Avec Revel c'est toujours le contraire. – X. Ont été rebattues.

VERTICALEMENT

1. Cherche à vous faire la peau. – 2. Une certaine morgue lui est parfois utile. – 3. Mises sur un piédestal. – 4. Grecque. A peu de valeur en portefeuille. Doit sa célébrité à un bureau de poste. – 5. Elles sont soignées. – 6. En train de parier. En Alsace. – 7. Fait la révolution. Il en faudrait plusieurs pour un dictionnaire des fromages. – 8. Chaussée... par Dagobert. Près de prendre en glace. – 9. Une espèce de répartie. – 10. Font partie des meubles.

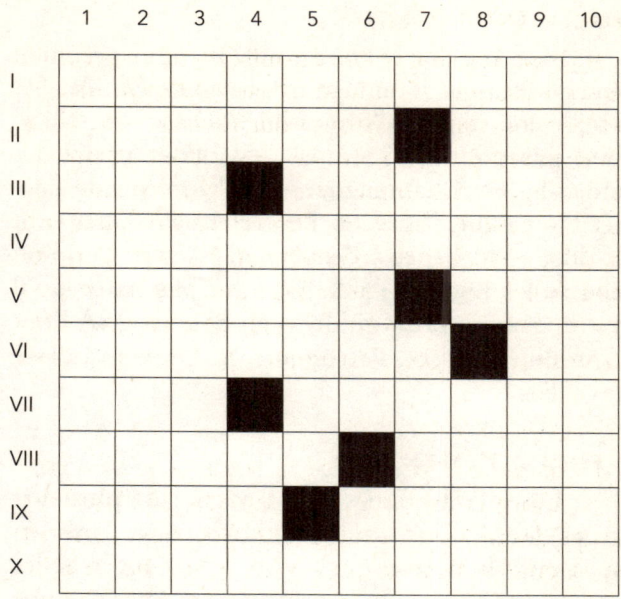

9

HORIZONTALEMENT

I. Il en fait des histoires. – II. Ils nous prennent en compte. – III. Vraiment rares avant 622. – IV. Ses seiches ne sont pas comestibles. Direction. Ne se boit pas pour Lévi-Strauss. – V. Font partie des effectifs. En Champagne. – VI. Morceau de bactérie ou bout d'insecte. Les pèlerins lui tournent le dos. – VII. Lance à l'envers. C'est avec ça qu'on chasse les ragots. – VIII. Ce n'est pas parce qu'il y a un sens interdit qu'il y a un bouchon ! À bout d'arguments. – IX. Patronne. – X. On leur a cassé les pieds.

VERTICALEMENT

1. On y voit goutte. – 2. Il y en a de plusieurs types. – 3. C'est tout à fait ça. – 4. Un rien suranné. Un aviron qui a viré. – 5. Vont avec les acides. Points. – 6. La question peut l'être par une femme qui l'est. Tiennent le coup. – 7. Haut de botte. Un pas en arrière. Voyelles. – 8. Ses chercheurs ne doivent pas avoir les pieds sur terre. Pleine de trous. – 9. Plusieurs fois quatre fois deux pieds… – 10. Elles préféreraient sans doute sécher leur boulot.

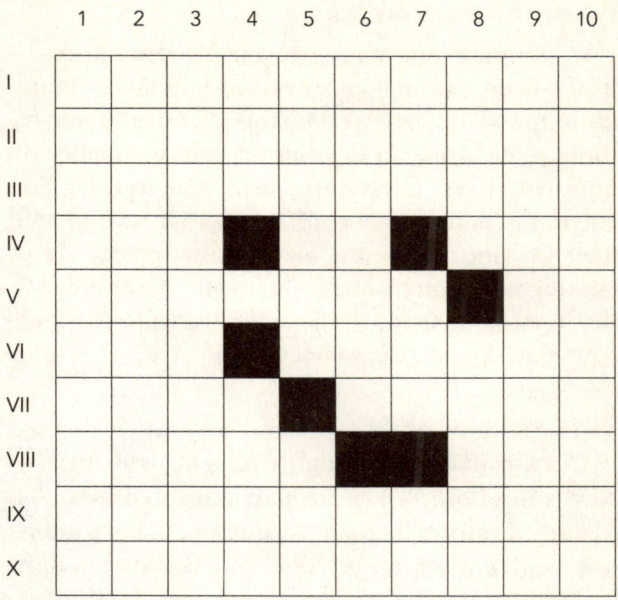

10

HORIZONTALEMENT

I. Donnent une vue superficielle des choses. – II. Ce peut être une épreuve. – III. Tourne quand on le met à la porte. Préfixe. – IV. Se font sur les fonts. – V. Morceau de coupon. Sert à calculer un quotient. – VI. C'est Lip qui a mal tourné. Son corps est dans le cerveau. – VII. Malaxé et mal axé. De quoi faire une Lyre latine. – VIII. Trois cinquièmes. Après Miro ou avant Montant... – IX. N'est pas rêvée. A succédé à Mao. – X. Pourront être ensuite déracinées.

VERTICALEMENT

1. Fait une cour singulièrement bruyante. – 2. Mises à bout. – 3. Font partie des reprises. – 4. Moitié d'imbécile. Saint. Saint. – 5. Fait moins habillé. Un plum en bouillie. – 6. Encaissées dans les montagnes. La Communauté sens dessus dessous. – 7. C'est idyllique. – 8. Un peu de répit. Anoblit un policier. – 9. Verte avec plein de bleu autour. Pour une écharpe mythologique. – 10. Caractérisent rarement une statue, sauf chez Condillac.

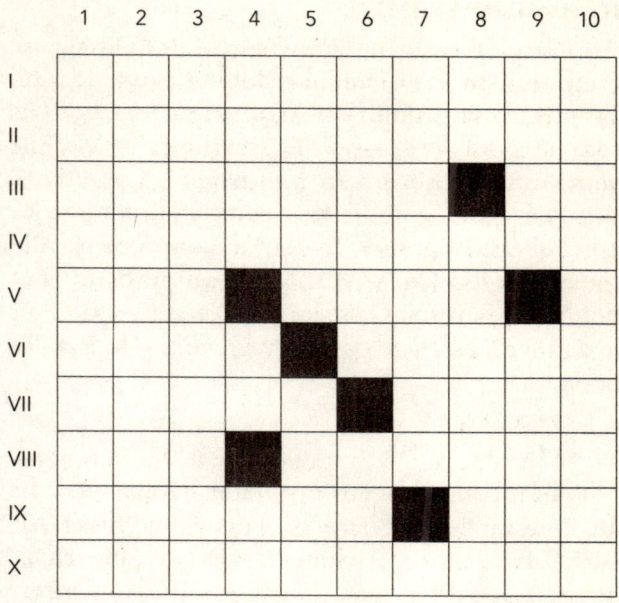

11

HORIZONTALEMENT

I. Ne vit pas sur un grand pied... – II. Précieuse et noire. – III. La Cène lui redonnera son identité. En pleine confusion. – IV. Toc un peu toc-toc. Ils sont là pour lever. – V. Rassemblent. – VI. Elle veut peut-être nous mener en bateau. En outre. – VII. Peut faire grandir les veaux et diminuer les perroquets. Négation. Évitent d'avoir à écrire à la queue leu leu leu. – VIII. Morceau de bœuf. Fut doublée à Anvers. C'est un nid d'aigle. – IX. C'est le dernier Russe à avoir fait la grève... – X. Étaient donc naturelles.

VERTICALEMENT

1. Beaucoup de kilos et quatre livres. – 2. Mis au courant. – 3. Pianotes. Laisse un doute sur l'addition. – 4. En Afrique et même en plein Djibouti. Chef de rayons. Opus pas du tout incertum. – 5. Ont donc un certain cachet. – 6. Article inversé. Tout au bout de la route. Note. – 7. Abréviation. En pleine torpeur. Une atmosphère très, très raréfiée. – 8. La France le fut pour l'Église. Épaissie. – 9. Biffe, et va à la ligne... – 10. Jusqu'à Pépin, ont surtout eu des pépins.

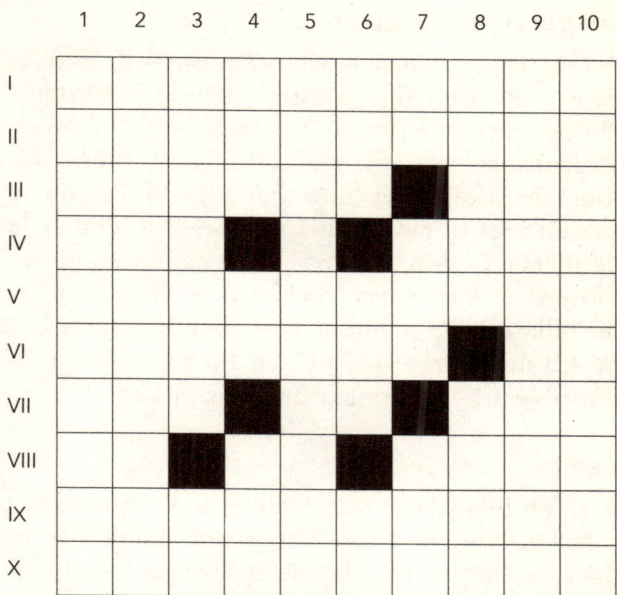

12

HORIZONTALEMENT

I. Finissent souvent en cocottes. – II. Fait la bête. – III. Romains. Dassin en fait un bretteur. Un peu de correction. – IV. Fond, bien que précisément insoluble. Est mal partie. – V. Il est toujours question de les faire chanter. – VI. Fut suivie par un regain. Finit tous les tests. – VII. Pousse le dernier cri. Son cinéma n'a pas toujours les moyens de s'en payer un bout... – VIII. Ça, c'est du billard ! On y rompt beaucoup d'alliances. – IX. Ça nous vient aux oreilles. En plein milieu du Pont-Neuf. – X. Avaient de vieux chalets...

VERTICALEMENT

1. Va à la porte. – 2. Donne de l'avancement. – 3. Un nombre utile. Bien avant Baudelaire et dans un autre sens. – 4. Une expédition y entraîna une campagne désastreuse. C'est plutôt faible comme définition... – 5. Aurait pu être fait le 19 juin... Bords de Thalwegs. – 6. Inquiète. Inversée pour la suivante. – 7. Note. Voyelles. Sa majesté n'est guère perceptible ainsi. – 8. Enchâsse. – 9. Elle est crevante. – 10. Retraits d'union...

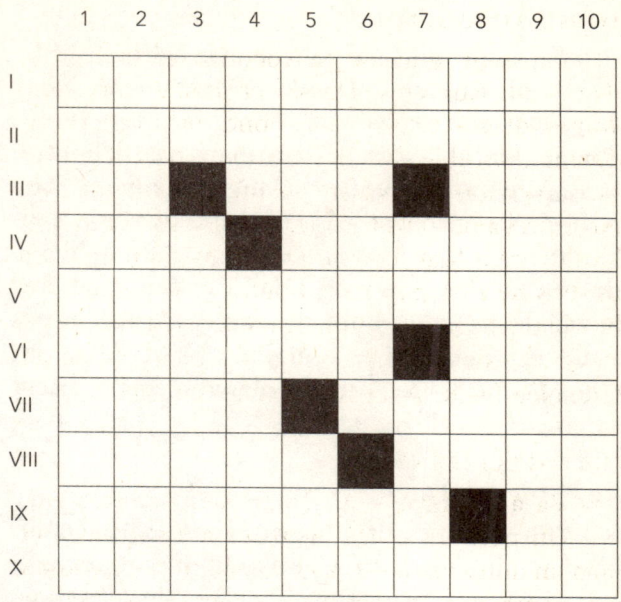

13

HORIZONTALEMENT

I. Ses supérieurs lui font porter le chapeau ! – II. N'a plus besoin qu'on la présente. – III. Ne se dégustent pas seulement chez Prunier. – IV. Le Rouge alla au Nord. Tient, mais pas debout. – V. Répété pour frapper. Dans l'auxiliaire. Son tout est immédiat. – VI. Pour une question sans réponse. Ça fait sept jambes. – VII. Ce qu'il y a de mieux pour un vol à la tire. On n'en met jamais trop. – VIII. Bord de marge. Décide, et pas seulement du sort de don Juan. – IX. Cinq sur cinq. Pleine. – X. Parlent d'amour mais disent rarement des choses tendres.

VERTICALEMENT

1. Manquent de droiture mais pas de tranchant. – 2. Elle fait des clefs. – 3. En outre il est pourvu… – 4. Avant le tri. Romains. Voyelles. – 5. C'est parfois une paire de manches. Fatiguée d'être la tête en bas. – 6. N'a plus les crocs. – 7. C'est un service. Son bout se taille dans l'autre sens. – 8. C'est par là que la porte passe. Le comte de Provence y était vraiment dépaysé. – 9. Elle nous laisse dans le noir. – 10. Enguirlandées.

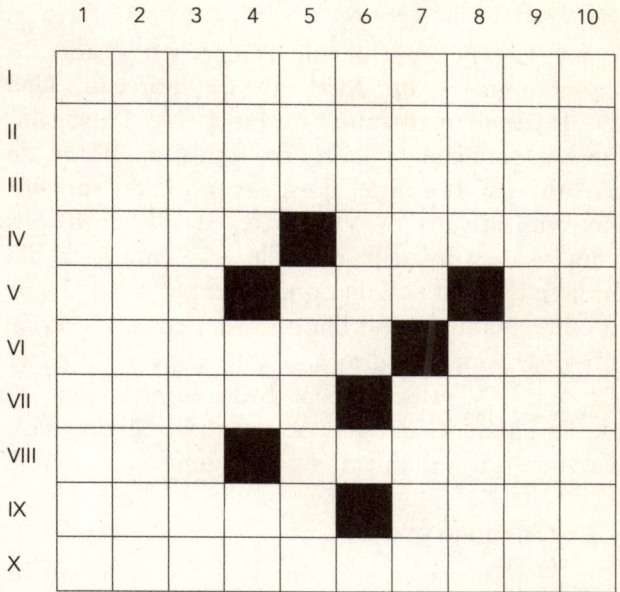

14

HORIZONTALEMENT

I. À la fin c'était lui tout craché. – II. À côté du caoutchouc. – III. Morceau de morceau. Une boule qui peut entraîner un bide. – IV. La spécialité de son chef c'était l'île flottante. Bouts de bizuth. – V. Il a dit et il est savant. C'est souvent un vrai calvaire. – VI. Lettres de Newton. Ses romans se suivaient à la file et même à la file indienne. C'est Calais pour Douvres. – VII. Dans un sens lui aussi c'est l'homme des cavernes. Pour lui c'est toujours gratis. – VIII. Espèce de pâté. La douille a effectivement été tirée pour rien ! – IX. En bande. N'eut aucune retenue. – X. Un vieux Parisien qui habitait à la montagne.

VERTICALEMENT

1. Se passe souvent à cinq heures. – 2. C'est au I horizontal qu'il aurait dû dire d'être sérieux. – 3. De quoi faire une prune. Conjonction inversée. – 4. Voyelles. C'était du billard bien avant que ce ne soit la mode ! – 5. C'est vraiment ce que fit Orphée ! Vu en rêve. – 6. Conjonction. Ne passe pas. – 7. Dans l'Oberland. Elle a l'air anglais. – 8. En plein dans le portrait ! Enlève de la force ou au contraire multiplie. – 9. Fait aimer le croissant. Interjection. – 10. Met les voiles.

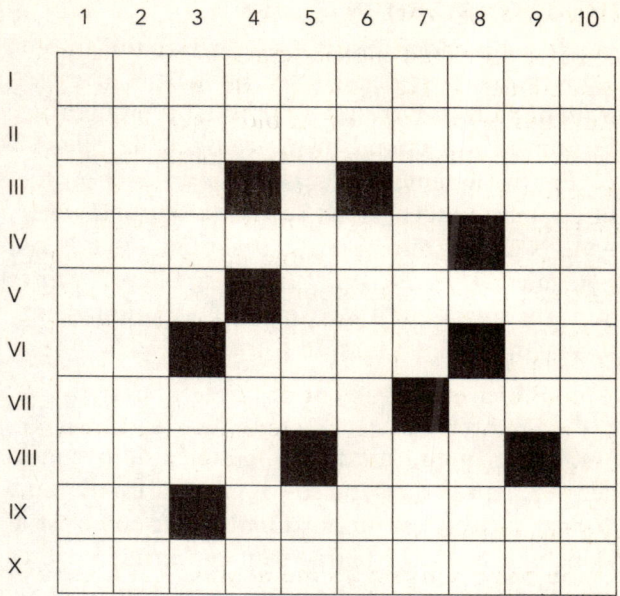

15

HORIZONTALEMENT

I. Je penne donc je suis… – II. C'est faire comme les roseaux phrygiens. – III. En partie. Il est en train de faire son trou. – IV. Elle est typique. Avec ce nom-là il a quand même réussi à décoller ! – V. En dérangement. Fera des tas de choses. – VI. Étaient souvent sous capes. Possessif inversé. – VII. N'est pas terre à terre. Négation. – VIII. N'ont rien fait à Léo… – IX. Possédées. Elle est morte huit ans avant qu'il naisse. – X. Agrandit démesurément les alentours de Rome.

VERTICALEMENT

1. N'est quand même pas peuplée de pyromanes. – 2. Fait la fermeture. – 3. C'est la fin du jour. Pour d'autres c'est du nord mais pour eux c'est le Couchant. – 4. Un Harry tout retourné. Surie et désordonnée. – 5. Fera gonfler. – 6. Dans l'auxiliaire. De quoi vous constituer des rentes. – 7. Appuyai. De la tôle un peu froissée. – 8. Ordonnés à Istanbul mais vous pouvez aussi les trouver plutôt raides ! A-t-il un croque en Angleterre ? – 9. Le fils de Madame Claude. Demi-mal et mal placé. – 10. Il est plus ouvert.

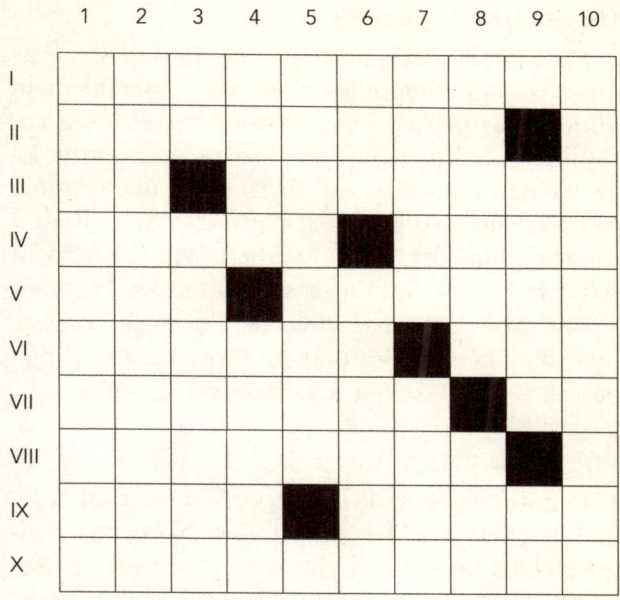

16

HORIZONTALEMENT

I. Ce n'est pas seulement une conférence c'est aussi une circonférence. – II. Un rassemblement auquel très peu de gens sont admis. – III. Attention au choc en retour. – IV. Sortis du Bounty. La moitié de treize. Pronom. – V. Établis une relation. N'y touchez pas ils sont renversés. – VI. ... Réduit modèle pour léger bois. Estime. – VII. On ne peut pas dire avec lui qu'on est sans un radis. Pronom. – VIII. Son existence précède l'essence. Préfixe inversé. – IX. Avec ça on peut être mis sur un piédestal. – X. Elles sont à ramasser à la cuiller...

VERTICALEMENT

1. Pour repartir de zéro. – 2. Ils sont en train de passer. – 3. Voies de fait. – 4. N'est pas vraiment dans la lune. Implique le plus souvent une certaine réserve. – 5. On y boit du sang de taureau. C'est lui qui emporte les feuilles mortes. – 6. Des oiseaux qu'il est dur de dénicher. Éructa n'importe comment. – 7. Faisaient des enlèvements. Aux bouts du bout. – 8. Son journal nous parle des Tropiques. Direction. Trois sur six. – 9. Un homme à principes. – 10. On peut les trouver en creusant.

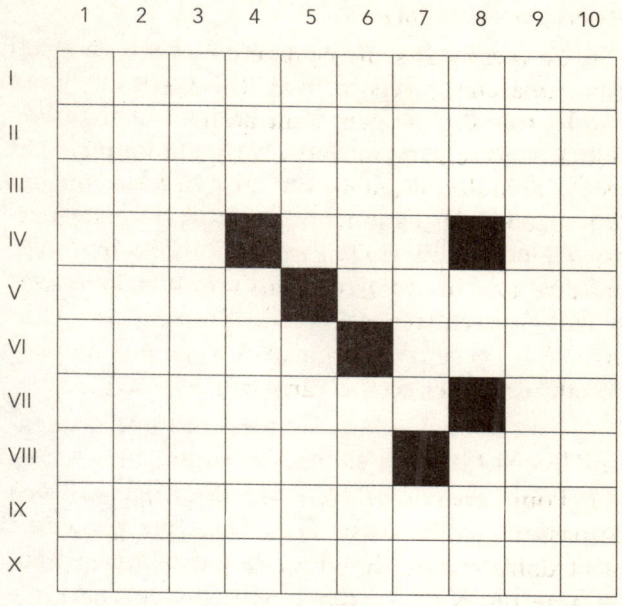

HORIZONTALEMENT

I. Ordonnance. – II. Ne peut pas l'être en ayant été. – III. C'est frapper fort. – IV. Yorick... – V. En dérangement. Sacrai. – VI. Gardaient la chambre. Deux lettres qui se suivent chez Valmont mais pas chez la Merteuil. – VII. En catimini. Un moi un peu troublé dans son latin. Fait effectivement partie de la famille. – VIII. Voyelles. C'est travailler à la pièce. – IX. Ses pavés sont crevants. Étranger. – X. En pincent.

VERTICALEMENT

1. Fait la chaîne. – 2. Ce n'est pas une occupation ! – 3. Ça vous change un homme ! Avec ça pour les sans-culottes. – 4. Des débuts bien contrariés. Abréviation. – 5. Dans un sens, c'est un début de berceuse. Il est lui-même pour l'économe. – 6. Vert à l'envers. Il avait le droit... – 7. Le sultan d'Oman peut y marcher à côté de ses pompes ! Dans la pliure. – 8. Marchande de sable. – 9. Voilà ce qui arrive quand on rate le train ! Fait vinaigre. – 10. Sont dans les services.

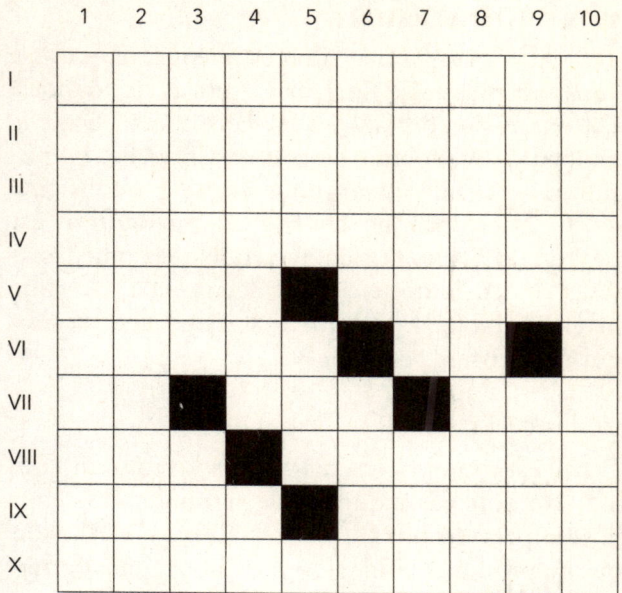

18

HORIZONTALEMENT

I. On n'y risque rien si on est bien élevé. – II. Ne vous fait plus faire l'exercice. – III. A un mandat. Est donné en spectacle. – IV. Ferma mal. Dans le malheur. – V. Aimait l'esprit de Chapelle. Préposition. – VI. Elle est au bout du fil. En consigne. – VII. N'est pas né en France puisqu'il y est parvenu. Plus voltairien avec quelques omégas. – VIII. Mis en batterie. Fit un éclat. – IX. Grecque inversée. Note. En philo. – X. Pour une motion qui ne satisfait personne.

VERTICALEMENT

1. Il est toujours cru mais très souvent à moitié. – 2. Ne doit pas manquer de scrupule. – 3. Font la tête près du bonnet. Abréviation. – 4. Un son ou, nuance, une couleur. – 5. Résout une alternative. – 6. Portugaise anglo-saxonne. Noire et blanche. Supplément populaire. – 7. En arrêt. Symbole. Pronom. – 8. N'est juste qu'avec un point d'exclamation ! Percha, le plus souvent. – 9. Des assassins en herbe. – 10. Un instrument à vent et même à vent contraire.

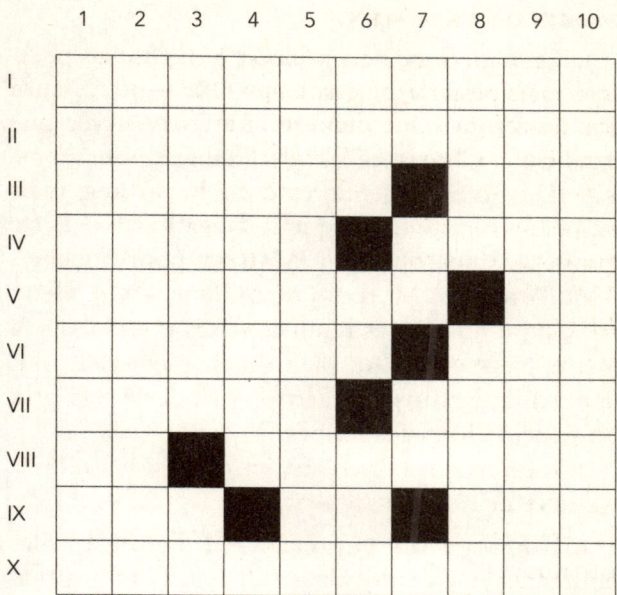

19

HORIZONTALEMENT

I. Ça vaut à peine un clou ! – II. Bouge peut-être mais reste le plus souvent fixe. – III. N'aura pas les jetons. Une demi-minute. – IV. Avec une urne pour Chopin. C'est de l'hébreu pour nous. – V. Des journées entières dans les arbres, mais pas dans n'importe lesquels. Négation. – VI. De quoi être ruiné ou réuni. Matériel pour boucher. – VII. Atteintes. Morceau de brillant. – VIII. Deux sur cinq. N'a pas ses femmes et ses maris dans la même pièce. – IX. Au pied ou en plein ciel, tout dépend de la troisième lettre. – X. À de tels prix on peut préférer les fermes.

VERTICALEMENT

1. Flambeau si l'on préfère. – 2. Faut travailler pour aller dans cette classe-là. – 3. Flambeau en faisait partie... Abréviation. – 4. N'avancerai pas. – 5. Dans un sens fait un peu de sentiment. N'est pas réglée. Abréviation. – 6. À la tête ou aux pieds. Manière d'être. – 7. Conjonction. Morceaux de chaise. Pointe dans l'autre sens. – 8. Ce n'est pourtant pas à Constantin qu'on le compare mais à un autre empereur. Souvent dans la neige mais pas avec Blanche-Neige. – 9. Ne va pas droit au but. – 10. On s'en est payé une tranche.

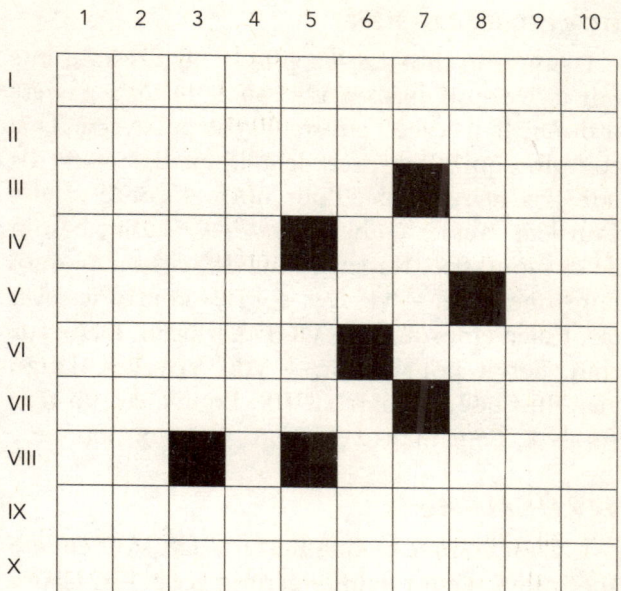

20

HORIZONTALEMENT

I. Souvent chouette en plus. – II. C'est ce que fait un coup d'épée dans l'eau. – III. N'a pas été ordonné mais est à l'envers. Participe inversé. Une coutume qui a un précédent immédiat. – IV. Ils ont pris une trempe. Pour notre sécurité mieux vaut leur fausser compagnie... – V. Aurait besoin de sa montagne. Râpeux dans un sens ou de quoi faire une râpe. – VI. Des solistes contrariés. Un tarot bien embrouillé. – VII. Demi-bruit. Deux sur cinq. Servit pour servir. – VIII. Voyelles. Hugo bien plus que Coquatrix. – IX. Équivaut à un renvoi. – X. Leur maître était un type aux pommes.

VERTICALEMENT

1. C'est comme ça que Buster a fait sa première guerre. – 2. Peut qualifier certain style. – 3. Claire de la Tude n'avait quand même pas une voix comme ça ! Partie du Kuwait. – 4. Elles sont à la remorque mais ça ne les a pas empêchées de se mettre au soleil. Royer nous le ferait concéder. – 5. Morceau de fibule. En pleine forme. Ses sanglots seraient un peu plus graves. – 6. Pronom. C'était dans la poche. – 7. Participe. Conjonction. Mit en désordre. – 8. En course. N'est pas du tout courante. – 9. Y'a de l'abus ! – 10. Solutions de continuité.

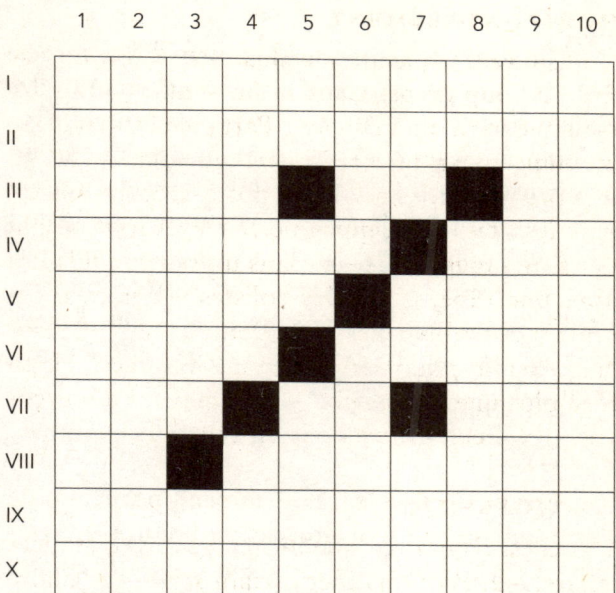

21

HORIZONTALEMENT

I. Un outil précieux pour l'homme des cavernes.
– II. Ne s'appelaient pas comme ça quand elles étaient gauloises. – III. Ce n'est pas dans le pays qu'on nourrit les cochons. Brin de jasmin. Fait un peu penser. – IV. Épaisseur. – V. C'est le succès si l'on connaît cette parade... Madame sans gêne ! Grecque. – VI. Rafraîchit. Fait le Jacques mais pas avec les Frères. – VII. Lient n'importe comment. Vieillit beaucoup, même sans H... – VIII. Mieux vaut ne pas suivre ce régime. – IX. Elles soulignent.

VERTICALEMENT

1. Des westerns avec, évidemment, beaucoup de sauce tomate. – 2. Ne fera pas un bœuf. – 3. Toujours à chercher chicane. – 4. Sur les *white collars* évidemment. Il y en a un qui y a laissé des plumes. – 5. Abréviation. Pas. – 6. Elle a beaucoup d'enfants. Pris en pitié. – 7. Ne peut plus suivre. Grecque. – 8. Du crin en vrac. Le Mali en fait une grande cantatrice. – 9. Pronom. – C'est un peu mince comme définition... – 10. Le plus célèbre avait 4 000 ans le 21 juillet 1798. – 11. Ce ne sont pas des dames de compagnie.

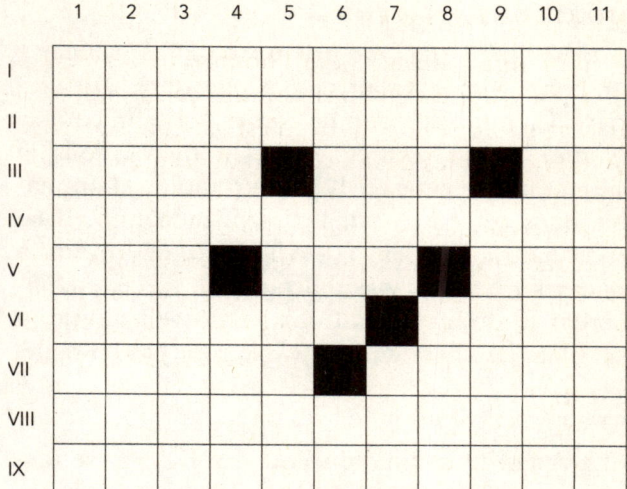

22

HORIZONTALEMENT

I. Moitié. – II. Ont pris un coup de rouge. – III. Note. Mieux valait ne pas mettre devant derrière. Ça fait beaucoup de cordes. – IV. En course. N'aura aucun respect. – V. Un fleuve dont la situation est évidente. Beaucoup moins abominable dans ce sens. – VI. En plein incognito. Dieu reconnaîtra les tiens ! – VII. Font des ronds à Bucarest. Ne sont pas tellement en force... Donnèrent le droit... – VIII. Grise. Pris en amitié. – IX. Évite les châtaignes. – X. Ne sont pas en règle.

VERTICALEMENT

1. A fait la fortune du pot. – 2. Devrait se rassurer avec Peter Schlemihl. – 3. Il est sur un coup. Effectivement connu pour sa distraction... – 4. C'est du solide. Conjonction. En plein centre de Montluçon. – 5. A grandi le 23 décembre 1588. Monsieur loyal. – 6. En série. Point. – 7. Doit beaucoup à la réflexion. On est dans la cinquième. – 8. Enflammée, et même fumante. Participe inversé. – 9. Elle peut se faire de la bile. – 10. Ils ne recommencent pourtant pas ce qu'ils écrivent.

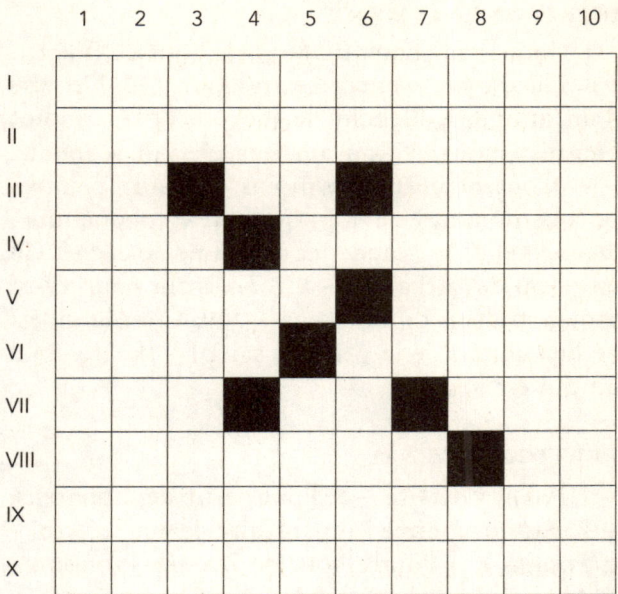

23

HORIZONTALEMENT

I. Connaissait son affaire sur le bout du doigt...
– II. Elle est partie et elle est très loin. – III. L'envers d'un intérieur. Blanchit le loup. – IV. Au moins quatre personnes. Dans un sens, c'est un scandale. – V. Coûtent beaucoup moins cher aux peintres qu'aux hommes de loi. Connurent phonétiquement. – VI. C'est cacher et c'est à peine caché. Un morceau de barbaque. – VII. Trois sur cinq. C'est armer en dépit du bon sens. – VIII. C'est là qu'est né l'inventeur de la prise de sang ! – IX. Il y en a un qui est louche.

VERTICALEMENT

1. A fait l'Affaire. – 2. Font partie des appareils. – 3. Faisait comme voulait faire Jeanne d'Arc. – 4. Possessif. À l'autre bout de Dresde. Pronom. – 5. Abréviation commerciale. On rêve de le crever. – 6. Vedettes de l'Alhambra. Met fin à bien des regrets. – 7. Un lien gordien... Né d'hier, et un peu tordu ! – 8. Un célèbre 5 pour quatre frères. – 9. Préférerait qu'on la mène en bateau.

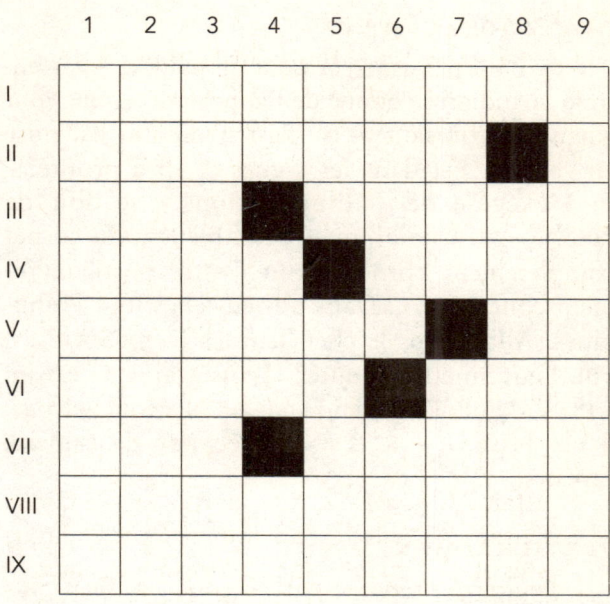

24

HORIZONTALEMENT

I. Ce n'est pas asperger pour un pauvre. – II. Centrale quand on se donne de l'importance. – III. Pour Klein en latinisant. – IV. Pastis romain. Est mise en vedette. Est dans les vignes et en a profité. – V. L'exégèse des « Illuminations » se doit de l'être ! – VI. Une noire et deux bleues. Un cornet complètement corné ou un contre particulièrement contré. – VII. Dans un sens elles font Philippines. Allait dans le chef-lieu des Deux-Sèvres. – VIII. Leur âme fut chantée. Trois grains de raisin. – IX. Va du Portugal en Espagne. N'y touchez pas, il est brisé... – X. Est habitée par de fameux sapeurs.

VERTICALEMENT

1. Peut être préparée par un coq. – 2. Bien plus que notre drapeau. – 3. Était là. Ce n'est pas par ennui qu'il baille. – 4. Et l'acier fut trompé... Notes inversées. – 5. Elle chante parce qu'elle a perdu la tête... Lettres de crédit. – 6. Prenez-les pour votre gouverne. – 7. C'est un peu beaucoup. Le mal le rend bête. Un morceau de pain. – 8. Certains de ses habitants se sont retrouvés dans le lac. – 9. C'est rendre Galvani commun. – 10. N'est pas commune.

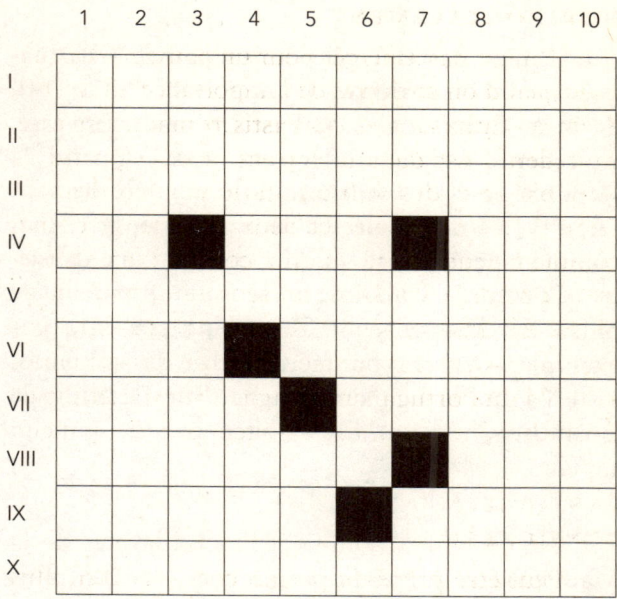

25

HORIZONTALEMENT

I. Il n'est pas conseillé de le flamber à l'armagnac. – II. N'incite pas à pointer. – III. Fait un peu de bien. Celui-ci n'est pas perché mais renversé. Aux confins du Brandebourg. – IV. Quand la République était blanche... Une manière de sauter. – V. Morceau de Rimsky. En guenilles. Fait comme Charles. – VI. C'est l'envers d'une dynastie. Pour les Romains, c'est quarante-neuf de plus ! En Alsace. – VII. Ras. Cinq sur cinq par exemple. – VIII. La première qualité du stakhanoviste. – IX. Principaux résultats des calculs de Cosinus.

VERTICALEMENT

1. Ne désigne absolument pas les larmes de la Madeleine. – 2. Ne dit jamais non. – 3. En plus. Un fado bien embrouillé. – 4. N'est donc pas si neuf que ça. – 5. Ce n'est pas une vague connaissance. Se met en quatre. – 6. Un grand morceau de feutre. C'est une belle pièce. – 7. Trois sur cinq. Grecque. Grecque aussi. – 8. Pour les Anglais, c'est vraiment *The Rock* ! – 9. Points. Demi-tour à droite. – Sa noirceur est signe de force. – 10. Elle est en fleur. – 11. Les amateurs de blondes n'en trouveront que chez Fourest.

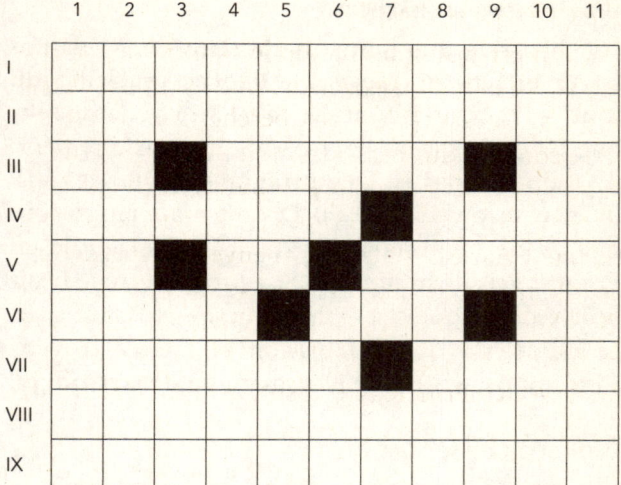

26

HORIZONTALEMENT

I. N'arrive que sept fois par an. – II. Vous fait payer une petite reprise. – III. Pas gracieuse du tout. – IV. Bout à bout. Se cabra. – V. N'a de sens que si l'on pense au « retro ». Se file parfaitement. – VI. Fit son pastis. Demi tragique. – VII. Des VIP un peu secoués. Ville du Levant mais pas si loin que ça de la Manche. – VIII. Une Espagnole en France. Pris de honte. – IX. La lutte contre le bruit doit y poser quelques problèmes. – X. C'est avec ce modèle-là qu'un fabricant de cycles troyens s'est imposé en Italie. Une manière de se trouver.

VERTICALEMENT

1. C'est une idée. – 2. Il n'a pas une très bonne vue et même il est parfois daltonien. – 3. Fille de la côte. Une Suédoise le devint par la bande. – 4. Racontes. Fait presque le vide. – 5. Étendue. Encore plus tendre avec un M devant. – 6. C'est la Gaude après un tremblement de terre. Dans un sens, c'est une espèce de bouche. – 7. Rangée de bas en haut. Négation. – 8. Papier collant. – 9. Participe inversé. Fis marcher l'échoppe. – 10. Ne saurait être revue.

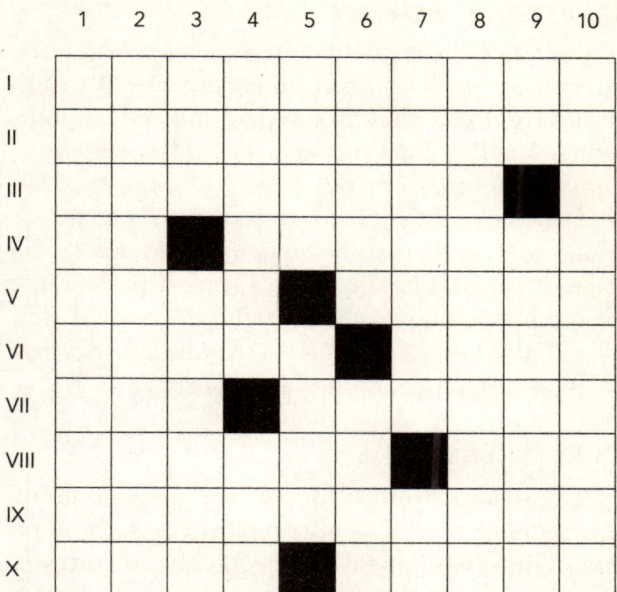

27

HORIZONTALEMENT

I. Voilà bien la preuve qu'il n'en est pas un. – II. Vous venez d'en avoir un exemple. – III. Ne fit en tout cas pas maigre. – IV. Au milieu des pourtours. Vieilles dans un sens. – V. Elles sont célèbres quand elles ont des dettes. Elle qui trouvait D'Annunzio absolument renversant ! Lettres de Voltaire. – VI. Un fabuliste, des pieds à la tête. Un poète, et il en a la tête. – VII. Ce n'est pas à cause de son nom qu'on l'a portée au pinacle. – VIII. Direction. Passé. – IX. Louis XIV. Amoureux des Italiens. – X. Concerne un vieux conscrit.

VERTICALEMENT

1. N'ont pas toutes leurs têtes. – 2. On le prend parce qu'on veut descendre plus vite. – 3. Être préfixe. Que d'eau, que d'eau ! – 4. Dans le portrait. Points. Possessif. – 5. Lui n'a pas de torts... – 6. Est mal lunée. Beaucoup plus rapide que la poussette mais s'en sert quand même parfois. – 7. On ne parle jamais de sa peau, même dans les Pyrénées. C'est agir comme une mule. – 8. Un Jacques que l'on croirait parti aux antipodes. Des piles très mal empilées. – 9. Patrie d'un célèbre chien de cinéma. – 10. Ce n'est plus dans nos cordes.

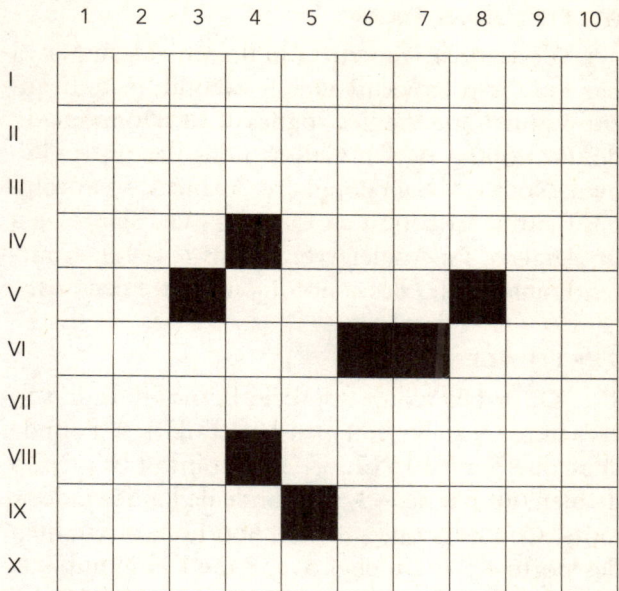

28

HORIZONTALEMENT

I. C'est encore un truc à la gomme ! – II. Ne va pas avec le premier ni avec le second, mais beaucoup plus loin. Vieilles rognes. – III. Donnons du de. Pronom. – IV. Un Gallois mais pas un rugbyman. Note. – V. Sein populaire. Avances. – VI. Rompit. Il est aussi connu en Orient. – VII. S'adresse à un Anglais. En Angleterre. Bâtons... – VIII. Courses. Points. – IX. Elles sont toujours entre deux os...

VERTICALEMENT

1. On a beaucoup apprécié la mobilité de son caractère. – 2. Ne fait pas le détail. – 3. Pour le choc du 15 avril 1912. – 4. En avoir fait beaucoup de bien. En panne. – 5. Demande de l'aide en deux mots. Commission. – 6. Fut. Son nom ouvre bien des portes. – 7. Un chef avec Mae ! Fin fond. – 8. Participe. Rendit poli. – 9. Le dernier fait fureur. Cueilli dans une cueillette. – 10. Donne quelque chose de Greco... – 11. À l'origine, de redoutables herbivores.

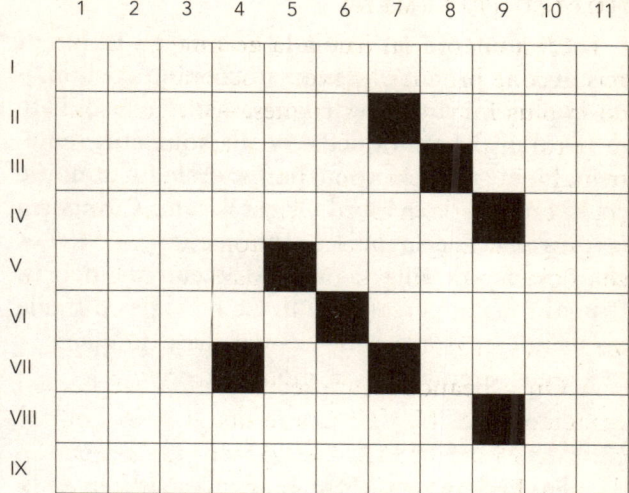

29

HORIZONTALEMENT

I. En tout cas les droits d'auteur ne le furent pas du tout. – II. Vulgairement c'est un cochon. – III. Le Dhofar aimerait le voir ainsi renversé. Père et fils d'un Magnifique. – IV. Ils sont non seulement muets mais mutés. Abattit, ou le fut à moitié en 1917. – V. Très lourd s'il est rasant. Connaîtra la puissance de la presse. Interjection. – VI. Les champions du ring. – VII. Morceau de débris. Romain. Baba persan. – VIII. Ce n'est pas difficile de s'y sucrer. – IX. Fait du neuf avec du vieux. – X. Un bel exemple de la mode rétro.

VERTICALEMENT

1. Par rapport au Mont-Blanc c'est le jour et la nuit. – 2. Ont tendance à trop fumer. – 3. Demi-symétrie. Aussi bien des marrons que des chocolats. – 4. Répété par Nicolas. Une manière de se tenir. – 5. Sortis de sortie. S'est faite roumaine mais pas toute seule. – 6. Morceau de cæsium. Un ver dont on a coupé la queue. – 7. Les frères Grimm voulaient y faire jouer un étrange quatuor. Nous ferait partir à reculons. – 8. Entière chez Demy, doublée chez Sternberg. Remisés. – 9. À fleur de peau. – 10. Elle prend son tour.

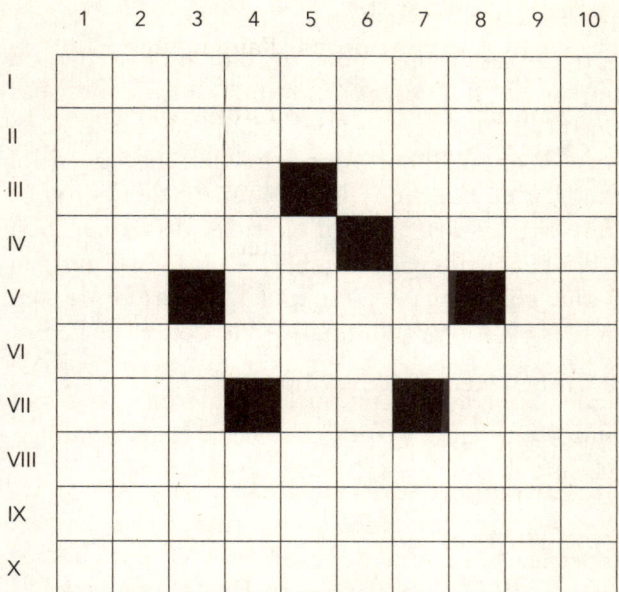

HORIZONTALEMENT

I. Ce serait une faute de dire qu'il a fait un impair… – II. N'est pas continu. – III. Ce n'est pas une place forte et c'est pour cela qu'on lève le siège. – IV. Pronom. Pour vous faire des cheveux il lui faudrait de la ratine. Il y a vraiment de quoi vous faire rire ! – V. Permet d'ouvrir et de fermer. Son coup peut vous faire tomber. – VI. L'est-il un peu moins comme ça ? C'est tout le contraire de s'en faire (sans son pronominal). – VII. Lettres de Pedro. S'attaque au cuir. – VIII. Ça fait beaucoup de lignes. Ce n'est pas un oncle d'Amérique, ce serait plutôt une tante… – IX. Un vieux le rend jaloux. Mesure la dureté. – X. Mise en boîte.

VERTICALEMENT

1. Font les annonces. – 2. Par conséquent pas conséquent. – 3. Segment de bissectrice. Voitures anglaises. – 4. Monstre marin. Fait un peu débraillé. – 5. Vous aurez de la peine en y mettant de l'ordre. Célèbre pensée de Pascal. – 6. En plein incognito. Appareil de levage. – 7. Si vous mettez la sono, c'est pour les sourds, mais en mono c'est plutôt fastidieux. Article d'importation. Conjonction. – 8. Biens d'équipement. – 9. En colimaçon. – 10. Aimait les épinards mais pas le gratin dauphinois.

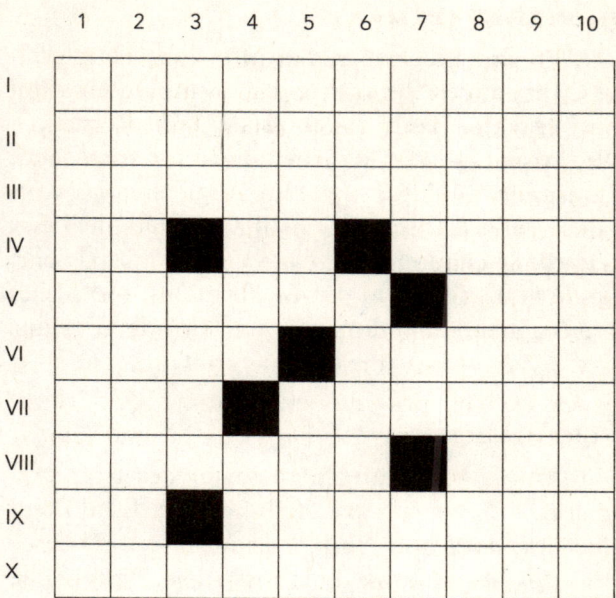

31

HORIZONTALEMENT

I. En fait une très remarquée dans Hamlet. – II. C'est souvent un traître mot. – III. On en a fait une cravate. Tout au fond de Font-Romeu. – IV. Cassent. – V. Un benêt dans un triste état. Consonne doublée. – VI. En Angleterre ça vous fait les pieds. Dans un sens il a une tête de vieux renard. Se chantait avec ça. – VII. Ne fait pas partie de l'effectif. – VIII. Levée. Romains. – IX. Elles préféreraient sans doute ne pas être de la revue. – X. Évidemment fort comme un Turc.

VERTICALEMENT

1. On se contente généralement des trois premières. – 2. Ne sort pas de la famille. Il lui manque une base pour finir à la mer. – 3. Triturée pour les beaux yeux de la marquise. Pauvres de nous... – 4. Bien bas. En pleine inspiration. – 5. C'est en ramassant une veste et en prenant une culotte qu'ils ont perdu leur chemise. – 6. Trié mais pas classé. N'allez surtout pas vous y faire voir. – 7. Symbole. Commence à compter. C'est raté ! – 8. La plus célèbre est à Labiche. Bien en peine. – 9. Dans un sens ce n'était personne, mais ce n'était pas du tout n'importe qui. Dans tous les sens, c'est souvent insensé. – 10. Fait quelque chose de désarmant.

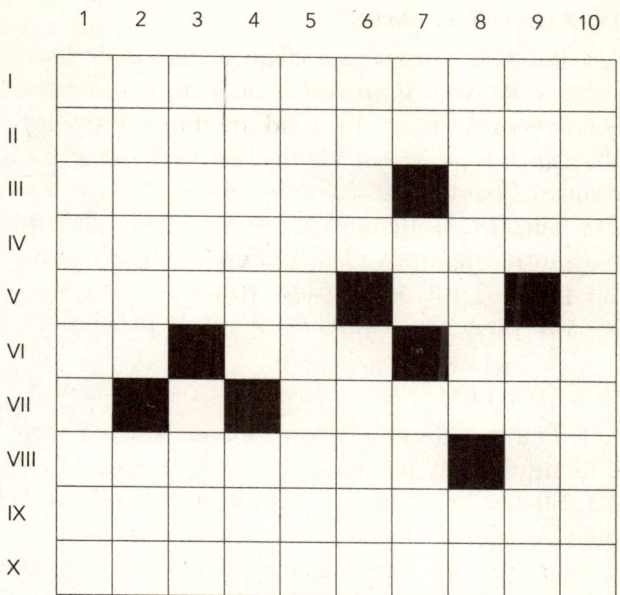

32

HORIZONTALEMENT

I. Pour les héroïnes de Sagan, mais pas de Françoise. – II. Anti-Meursault... – III. Anti-casseur... – IV. Avec du fric, c'est presque un shampooing. Il s'exprime. – V. Un gland bien mal tressé. Eut d'après Nerval une seconde vie. – VI. Grecque. Fait surface. Bout de bois. – VII. Généralement plaisantes mais pas chez Céline. – VIII. Pronom. En fiacre. Nuit. – IX. Ont trouvé un emploi. – X. Anti-jaunes et d'ailleurs rarement prochinois.

VERTICALEMENT

1. Pourrait éventuellement figurer sur ma carte d'identité, mais pas sous la rubrique « né à... ». – 2. Elle est crevante. – 3. Ah, le garnement, voilà bien un de ses tours ! Un peu de gigondas. – 4. Sagan encore, mais très désordonnée. Sa tire est rapide... – 5. Coulent dans l'autre sens à Venise. N'arrangeait rien. – 6. Est toujours dans un sens accompagné par un piano. Note. Note. – 7. Do ré mi fa sol la si, par exemple. – 8. Rameau en avait-il une ? Avec lui on prend du poids. – 9. Morceau de Caruso. Ariel et Olympio en sont des exemples. – 10. Abattues ou, au contraire, consolidées.

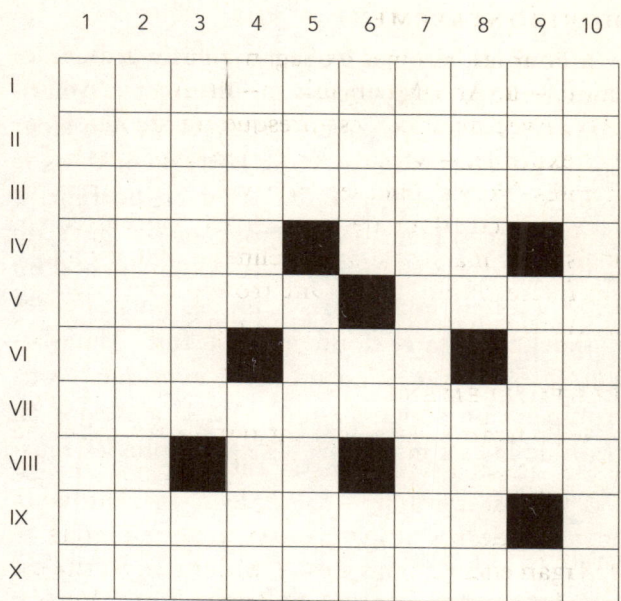

HORIZONTALEMENT

I. Prétentions. – II. Concernaient aussi bien les mouches que les coches. – III. Pronom. L'Amérique et la Russie en sont. – IV. Nettoya. Un eider en pleine confusion. – V. Se fabriquent dans le quartier de la défense. On les a en horreur. – VI. Fermier d'Henri IV. Autour de la lune ou dans la science-fiction. – VII. Compagne d'un Icare. En long et en large. L'un des plus célèbres n'appellerait sans doute pas sa fille Alma ! – VIII. Dans un sens c'est un lièvre exotique. Nous trompe si un songe le suit. – IX. Il n'est pas en train de faire son devoir. – X. Multiplie les fausses barbes.

VERTICALEMENT

1. Serrée par Laurent ou serrée tout court. – 2. Serrent le cœur. – 3. Un compagnon de Fantasio mais pas un personnage de Musset. Un pugilat qui commence dans la plus grande confusion. – 4. Sorti de rien. Un exemple de liaison. – 5. Ce n'est pas rare. Dans le talon de la botte. – 6. Elle n'est pas polie et elle ne se tient pas bien. Se désaltérerait mais ici l'eau manque. – 7. Elles coupent peut-être les cheveux, mais pas en quatre. Préposition. – 8. C'est un titre. Polis.

– 9. Comme les deux pigeons. – 10. A levé la main.

N.B. V horizontal : pas de D majuscule à *défense*.

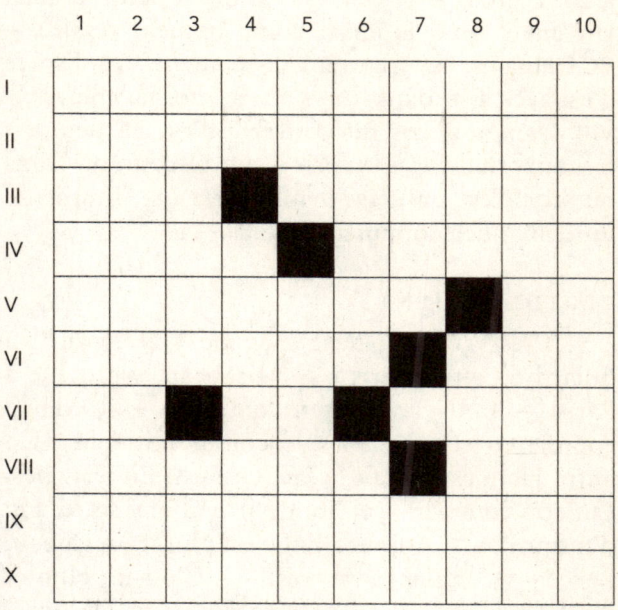

34

HORIZONTALEMENT

I. Agent double... – II. Avec un nom pareil il avait bonne mine. – III. A une activité voisine de celle du tire-laine. – IV. Sa célébrité date de Shanghai. Préfixe. – V. Un Nicolas qui a perdu la tête. Un duvet qu'il faudrait complètement refaire. – VI. Romains. Superlativement vénitien. – VII. Espèce d'espace. Est dans un sens à moitié enlevé. – VIII. Dans un sens fut couverte d'or. Sa fleur est très superficielle. – IX. Pris à contre-courant. Dans un sens c'est un demi-Symboliste. – X. Inutile de lui demander comment il voit la vie.

VERTICALEMENT

1. C'est généralement bien de l'être, sauf au billard ou en voiture. – 2. Mirabeau le précède à Paris. – 3. Ils ne pensent qu'à ça. – 4. Même comme ça ses disciples le comprendraient ! Un autre Jacques qui fait le Jacques. – 5. En tranches. Eut son courrier. – 6. Font partie d'une secte. Fin d'infinitif. – 7. Aujourd'hui c'est plutôt un gâteau. Levée. – 8. Étaient éventées. – 9. C'est un Hun et il est barbare. Faisait comme dit-on fit Didon. – 10. Ne l'est pas du tout géologiquement parlant.

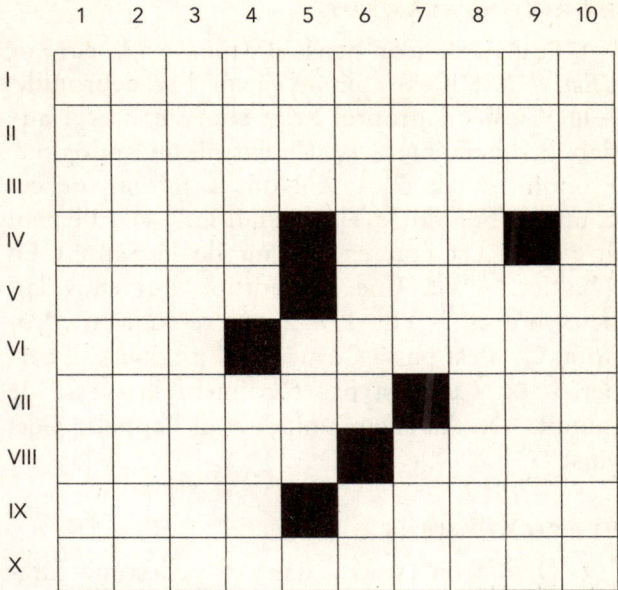

HORIZONTALEMENT

I. Pour y aller on penserait plutôt à la gare de l'Est. – II. S'il est comme ça qu'il se débrouille. – III. C'est du propre. Était souvent nickel aux débuts du cinéma. – IV. Un extrait de Rodogune. Pronom. 4 sur 5. – V. Nous a fait un de ces coups ! Aboierait si Tintin était là. – VI. Elle peut être dans cet état en sortant de la Santé ! En Chaldée. – VII. Une numération qui en valait deux nôtres. – VIII. Prit à contre-courant. Pronom. Ce n'est pas à Carné que l'on doit son carnet. – IX. Ce n'est pas forcément la messe de minuit. – X. Au cinéma on devrait l'appeler Gervaise !

VERTICALEMENT

1. Quand on est là-dedans on redescend rarement sur terre. – 2. Une clémentine qui a entraîné divers pépins... – 3. En souscription. Très applaudi à l'Opéra-Comique et pas seulement par le poulailler. – 4. Atteint différemment celui qui a besoin de croire et celui qui a besoin de boire. Participe. – 5. Voyelles. De quoi vous faire des loisirs. – 6. Dans un survol. Mienne et bouleversée. – 7. Madame Swan, comme diraient les Anglais. Un vrai fromage s'il est mental. Toujours en tête. – 8. Dans un certain sens on peut l'appeler vespa-

sienne. Dans la Bible il est tout feu tout flammes.
– 9. S'il ne se mouille pas c'est qu'il mouille. – 10.
Il fonda une école mais certainement pas un mouvement.

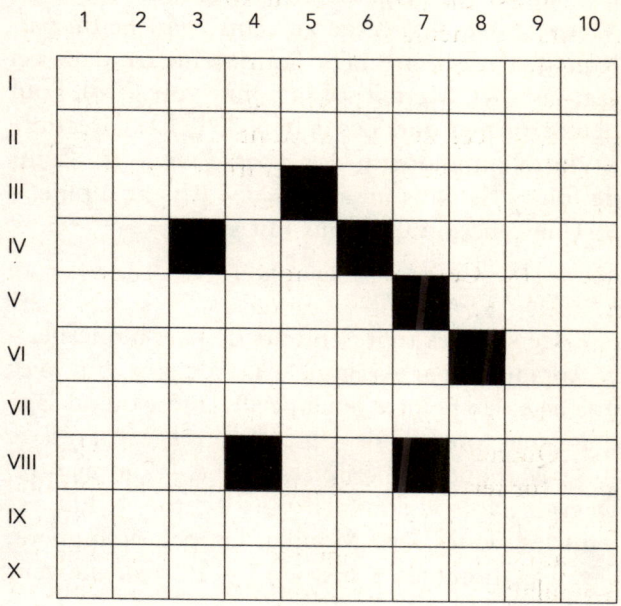

36

HORIZONTALEMENT

I. De plus en plus fort ! – II. Trois sur cinq. Fut bouleversé et est renversé. – III. Tout indiqué pour des Siamois ventripotents. – IV. Se met en quatre. Vieux Suisse. – V. Siège au centre gauche du parlement. Faut-il être bêta pour se mettre dans cet état-là ! – VI. Mettait sur la bonne voie. – VII. Pour deux en Amérique. Les débuts de Lélia. Direction. – VIII. Ne manquerai donc pas d'air. – IX. Bouts de foin. Pris dans un autre sens. Rivière alpine. – X. Une fonction qui nous fait suer.

VERTICALEMENT

1. Ce sont les représentants de l'art moderne. – 2. Applaudie par Aragon. – 3. Fait plus vrai avec une liste. Un peintre qui a perdu la tête ou un sage qui a mal tourné. – 4. Un peu de respect. Préfixe. – 5. Manque de souplesse. – 6. Conjonction. Devrait avoir le sommeil plus léger. – 7. Elle est dans les vignes. – 8. Mouilla. Un peu de lumière. – 9. Des hommes à histoire ! – 10. Fait souvent bloc.

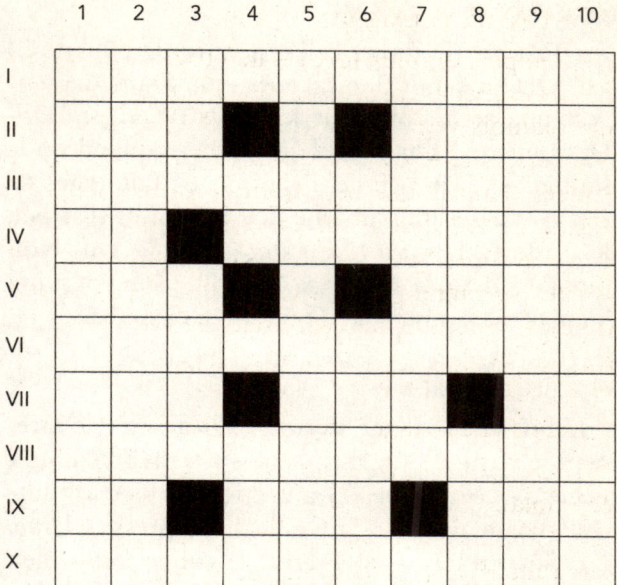

37

HORIZONTALEMENT

I. Fait partie d'une célèbre paire de Saussure ! – II. On lui a fait une faveur. – III. Dans un sens c'est une secte. Blanchit le fer. – IV. C'est l'évidence même ! On le roule facilement quand on le double. – V. Un peu de dirigisme. Se fait avant de tirer. – VI. La plus proche des Suédoises. Un peu de Cadoricin. – VII. Ne gâteras pas. – VIII. Non lointain. Divise la couronne. – IX. En plein Potsdam. N'est pas courant. – X. Traité chez Condillac.

VERTICALEMENT

1. Ont fait voyager Sterne. – 2. Caractérise rarement le voyage. – 3. Est plein. – 4. Travaillent aux pièces. – 5. En liberté. La vache, elle s'est retournée ! Possessif. – 6. Travaille à l'express... Dîne. – 7. Suspendrai. – 8. Préfixe. Évoque aussi bien Giraudoux que le psychodrame ou le cha-cha-cha. – 9. Tombera des nues. Un morceau de Mignon. – 10. Chantées en taille.

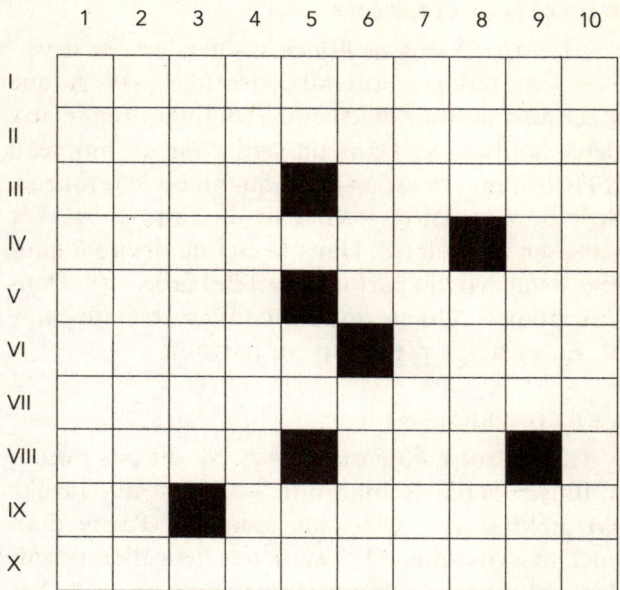

HORIZONTALEMENT

I. Ce sont là jeux de Prince… – II. C'est une déviation. – III. Firent un travail de frotteur. – IV. A joué à certains un tour de cochon. Un lingot rogné aux deux bouts. – V. Dans un sens c'est un morceau d'Hiroshima. N'est pas rare quand on le retourne. Sort du frigidaire. – VI. Fait du foin. – VII. Est passé en Angleterre. Dans le ciel de droite à gauche. – VIII. Mis au parfum. Bout de corde. – IX. Dans l'auxiliaire. On ne joue pas avec les jaunes. – X. En principe n'est plus au parfum.

VERTICALEMENT

1. De l'autre côté du lé. – 2. Ne dit pas non. – 3. Illustrées par Rembrandt. – 4. C'est une ficelle. En attente. – 5. C'est une coquille. Patrie d'un cochon sans queue ! – 6. A une tête d'empereur romain. Entre en force. Trois sur cinq. – 7. Les frères ennemis. Participe inversé. – 8. Ne va plus à la roulette. N'est pas comme le jardin d'un presbytère toujours charmant. – 9. Elles ont leur bureau. – 10. Avec elle on est toujours en voie de développement.

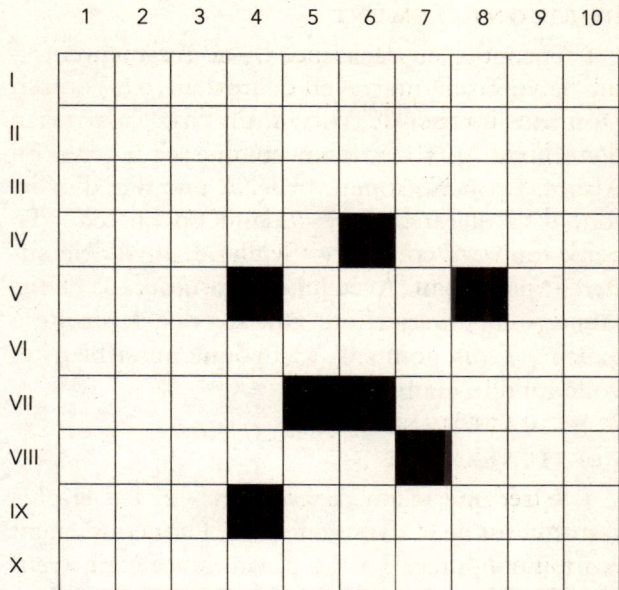

HORIZONTALEMENT

I. Fut jadis île de France. – II. Augmentera. – III. Se met en quatre et se met en trois aussi. Donnent le jour. – IV. Dieu d'une rose. Ça n'a rien d'étonnant qu'il le fasse comme ça ! – V. En Alsace. Phonétiquement belle. A une tête d'avorton. – VI. Il est heureux quand on lui dit « Tu peux toujours courir ! ». Symbole. – VII. Ne sifflèrent pas. – VIII. Avec lui c'est toujours le même tabac. – IX. Interjection. Dix sur dix de droite à gauche. Trois points. – X. Évoque aussi bien un voile qu'une mante.

VERTICALEMENT

1. C'est une façon de bourrer. – 2. Est le plus souvent fait de « 1 vertical ». – 3. Phonétiquement mort. En Thrace. – 4. Le plus célèbre était aveugle. C'est de la folie ! – 5. Lettres de Regnard. Une petite allemande toute retournée. – 6. Porterai atteinte. – 7. Ce n'est pas du tout faire comme Eugène... Un morceau de berlingot. – 8. Au pied d'une colonne herculéenne. Quatre sur cinq. – 9. Ce sont des nouvelles. – 10. Un célèbre exemple de noyé assassiné.

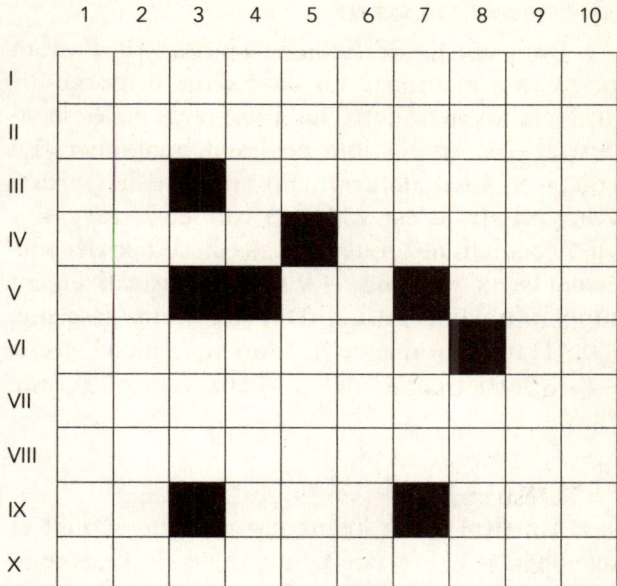

HORIZONTALEMENT

I. Dans une expression de surprise. – II. En tout cas, elle n'avait pas un chat dans la gorge ! – III. Se trouvaient entre les baignoires et les lavabos... – IV. Impossible de les déboulonner. En vrac. – V. C'est un arrêt. Est cru dans le Gard. – VI. Symbole. C'est vanter à tort et à travers. – VII. Accomplis de droite à gauche un certain dénouement. Deux sur cinq. – VIII. Administrativement supplanté par Saint-Laurent. C'est une descente. – IX. Travailleur manuel... Mort venu d'une morte. – X. Quartier de Grenelle. Mieux vaut qu'il reste vierge.

VERTICALEMENT

1. Un titre qui a beaucoup marqué Monet et ses amis. – 2. Précède évidemment la relevée. – 3. Correspondant de Pascal. – 4. Reconnaît. Mère d'une Elisabeth et fille de l'autre. – 5. Laisse de côté. Ancêtre spirituel de l'Ayatollah. – 6. Il n'y en a pas sans épine... Symbole. – 7. Ce sont des solides mais ils peuvent être réguliers. – 8. Quartier de Washington. En vrac. Dans le Pacifique. – 9. Aurait pu traduire Melanchthon... – 10. L'ordre y règne mais les ordres y sont massacrés.

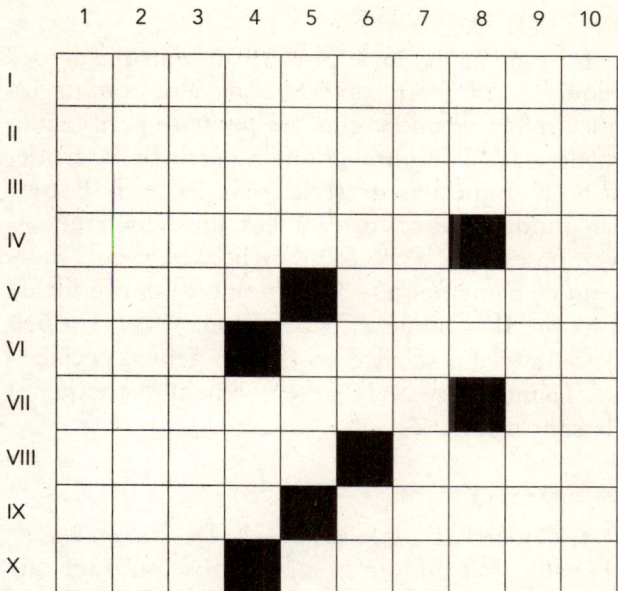

41

HORIZONTALEMENT

I. Le meilleur ou le pire... – II. Fait partie des piques. – III. Pourrait être considéré comme un ancêtre des cosmonautes. La petite se perd facilement. – IV. Toujours en tête à partir de la droite. Il ne manque pas de style. – V. Paire de bottes. Un modèle de solidité. Vient de déménager. – VI. Son existence précède l'essence... Un gros morceau de camembert. – VII. Un habit pour le fils de Clotaire II. Colline du Roussillon. – VIII. Un peu de sulfate. La science en fait un genre spécial. – IX. Tanneront. – X. N'en témoignent guère quand ils sont distingués.

VERTICALEMENT

1. Conserves anglaises... – 2. De bas en haut : n'évoque pas du tout la même chose pour un cardiologue et pour un amateur de peinture anglaise. – 3. Invita. Dans le pétrin. Consonnes. – 4. Dans l'auxiliaire. Espèce de foin. – 5. Cours court. Fait un peu de sport. Voyelles. – 6. Pékin des pieds à la tête. De la came en vrac. – 7. Des enzymes, mais pas pour les Scandinaves. Un modèle de beauté. – 8. Guère plus connu que Machin ou Chose. – 9. Signifieront. – 10. Des cris dans la savane.

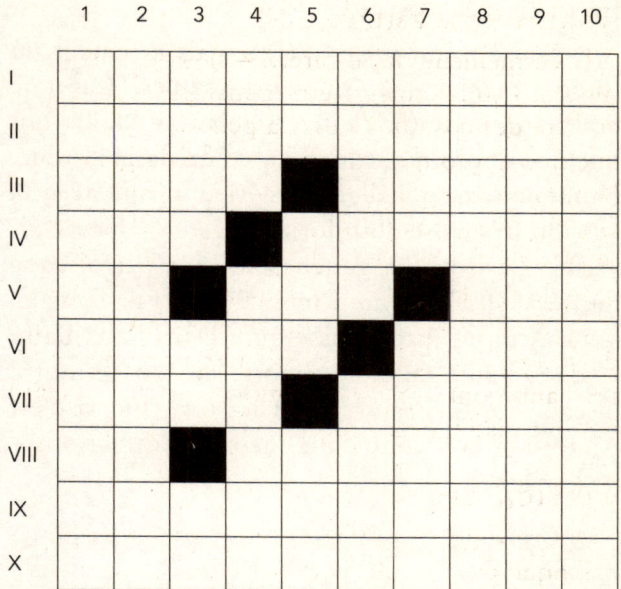

42

HORIZONTALEMENT

I. Peut-être un tireur d'élite mais rarement un franc tireur... – II. En Cornouailles. Capitale pour une mineure et inversement. – III. Ils ont quelque chose d'extra... Au cœur de la Bosnie. Phonétiquement belle. – IV. Rien à voir avec la version française du I horizontal. – V. Une demi-vérité. De droite à gauche, ne sont parfois que fumée. – VI. Fait comme un rat. Revers de la main. – VII. Attaque à rebrousse-poil. Dans l'auxiliaire et dans l'auxiliaire. La linotte en fait un autre oiseau. – VIII. Pas assuré. Un Normand si c'est André ! – IX. Vont dans la même direction. – X. Panaches.

VERTICALEMENT

1. Fourre son doigt partout. – 2. C'est une prière. – 3. Diminuent dans tous les cas de volume. – 4. Deux sur cinq. Pronom. Lettres de crédit. – 5. Avec des radis, c'est le septième ciel ! Restes d'un palimpseste. Lettres de La Boétie. – 6. Les rencontres du troisième type, c'est avec lui, mais bien avant Spielberg ! Pour les amateurs de pied de veau. – 7. Devrait se sentir concernée par la lutte anti-bruits. – 8. Crotte à l'oreille. Un peu d'arthrite. Est pris dans un proverbe... – 9. N'est

pas du tout le résultat des ingérences du Pentagone à l'intérieur de l'Hexagone. – 10. Affectent les spondyles.

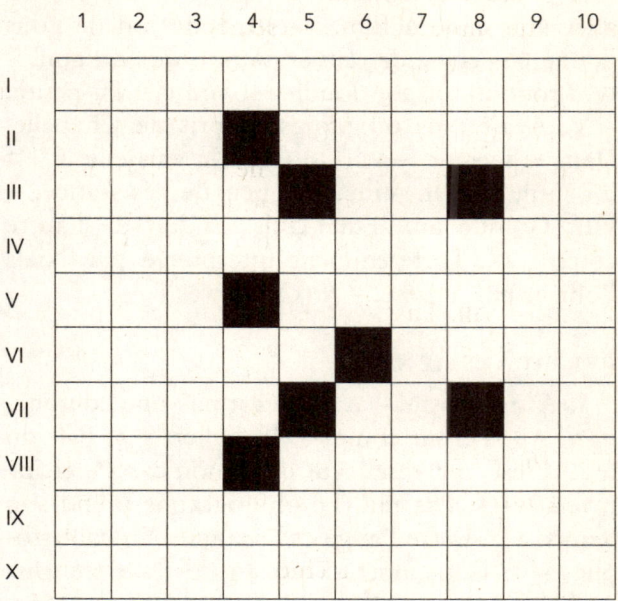

HORIZONTALEMENT

I. Sa situation élevée ne l'empêchait pas d'être tout à fait conventionnel. – II. N'aurait pas dû aller voir certain film... – III. Rate, ou ne vous donne pas envie de réussir. Aux bords du golf. – IV. Pronom. On est douillet quand elle est petite. – V. Avait plus ou moins l'esprit de Chapelle. Dans le secteur. – VI. On y fait la vaisselle. C'est un môle. – VII. Vide. Un peu de résistance. – VIII. Grande aux États-Unis. Enduit de l'autre côté. – IX. Différemment interprétée par Niels Bohr et par Varese. – X. Conserves.

VERTICALEMENT

1. Avant poste. – 2. Ce n'est pas une conjonction. – 3. Feront comme Mr. Laker. – 4. Fait du feu. C'est un morceau d'harmonica. Participe inversé. – 5. Pas nul. Le photographe prend son temps. – 6. Entre l'auge et la salière. En catastrophe. – 7. Consonnes. Fraction de fraction. Une multinationale qu'il faudrait renverser. – 8. Morceau de satin. Il a peut-être une crise de foi ! – 9. Marche arrière. – 10. Peuvent vous laisser sans voix.

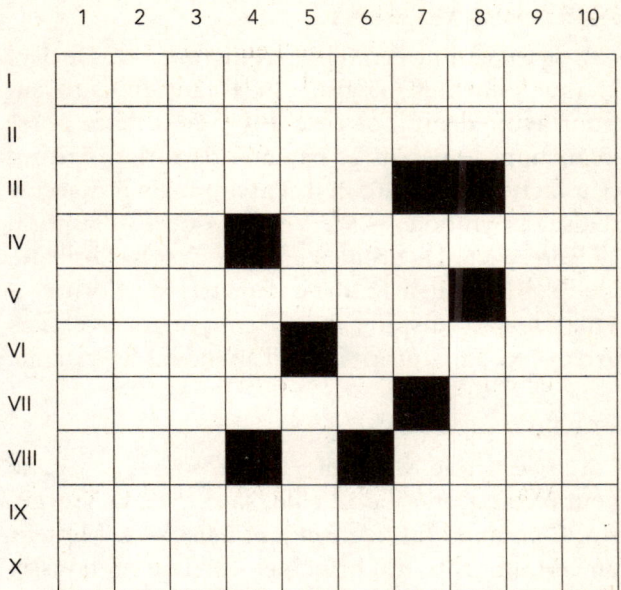

44

HORIZONTALEMENT

I. Sa raideur ne l'enrichit pas du tout. – II. Devient chaque jour plus maigre. – III. Il faut qu'ils titrent pour avoir droit à ce titre. – IV. Peut l'être après beaucoup de pépins et pas mal de rafles. Fait un peu factice. – V. Tire mal. Pascal, mais il manque d'aise… Symbole. – VI. Vedettes de l'Alhambra. Célèbre. – VII. De droite à gauche, c'est pas brillant. Une station où il faudrait remettre de l'ordre. – VIII. Devrait inspirer un Vigo yougoslave. Pas gros. – IX. Fait autorité – X. Tapent sur le système.

VERTICALEMENT

1. C'est une véritable infection. – 2. Ce ne peut être qu'un second rôle, sauf avec la Vierge. – 3. Opium de fabrication japonaise. – 4. Mettent un certain ordre. En principe. – 5. Tiré ou poussé. De bas en haut, forme ancienne de quatre livres très anciens. – 6. Un poivrier grimpant, mais dans l'autre sens. Annonce un changement. – 7. Sentit des pieds à la tête. Équivaut à un k.o. – 8. Cœur d'acier. Manière d'être. – 9. Caractérisait la mission d'un régent. – 10. À la lettre.

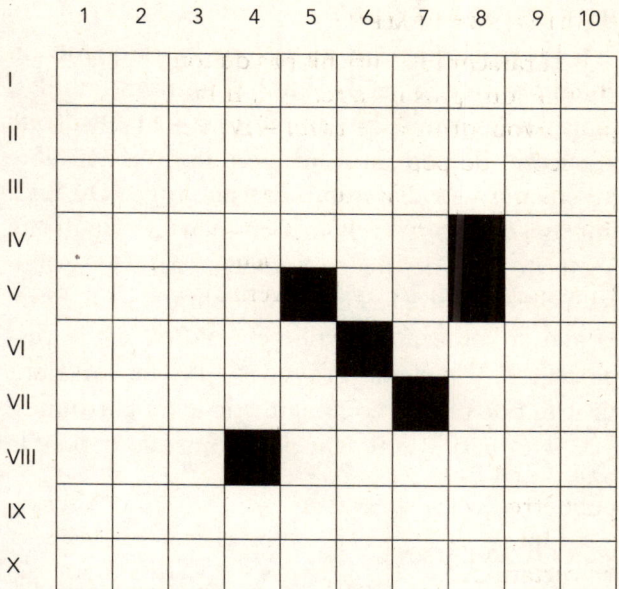

45

HORIZONTALEMENT

I. En trois mots on ne saurait l'être quand on collabore à ce journal ! – II. Les grandes familles, mais pas les familles nombreuses… – III. De droite à gauche, il fait tout pour avoir son tabac. Note à l'envers. – IV. De quoi faire une tuile. On lui a fait une faveur. – V. Se met en ménage. De droite à gauche pour des fleurs sentimentales. – VI. Voitures à cheval. Entre le Tigre et l'Euphrate. – VII. Entre la mer et le marais. Participe. – VIII. C'est la vespasienne. C'est pas grave… – IX. Se faisaient tirer le portrait en compagnie de leurs patronnes. – X. Ne mérite vraiment son nom que depuis le Polaroïd.

VERTICALEMENT

1. Il a fait chanter Sénèque. – 2. Concerne différemment le notaire, le psychiatre et le philosophe. – 3. Anciens sujets d'Ubu. – 4. Perche de bas en haut. Touches mais pas dans le bon sens. – 5. Après Pont-Aven. Reine de Broadway. – 6. C'est bien tout ce qu'il y a de commun entre Prague et la « Pravda » ! En eastmancolor. Mis en berne. – 7. Ne sauraient absolument pas caractériser des coups de pied qui se perdent ! Pris en traître. – 8. Quartier de Saint-Mihiel. Fait un peu

la sieste. Morceau d'harmonica. – 9. Des nains qui se sont mis en quatre pour battre un record de longueur ! – 10. N'est pas nécessairement une veuve inconsolée…

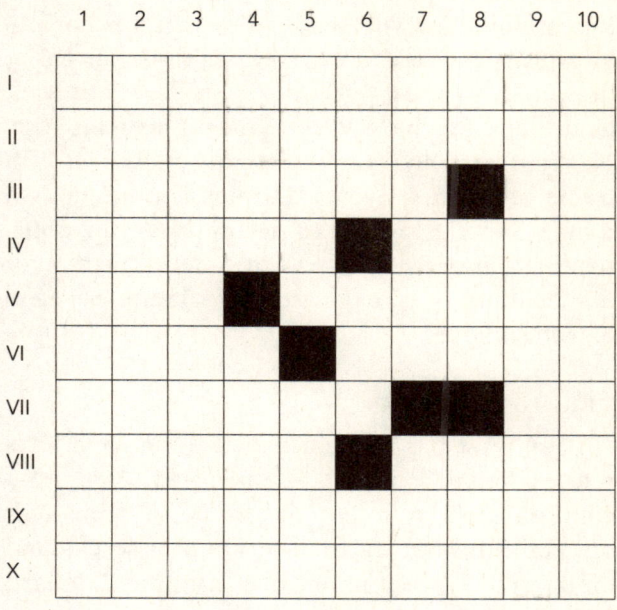

HORIZONTALEMENT

I. Investit. – II. En deux mots, ne saurait caractériser le cheval d'Henri IV ! – III. Si elle fait la salade, elle est pratiquement niçoise ! – IV. Affecte les conduits dans un mauvais sens. En accord. – V. N'est pas passé à l'oreille. Fait risette, enfin, presque… – VI. Est retourné en Suède. A fait Ajax de droite à gauche. – VII. Appuie du mauvais côté. Ne représente que la moitié du quorum. – VIII. Un terme pour un souvenir. La plus connue nous a donné Show Boat. – IX. Accompagne un pourfendu et un perché. – X. Note. Se pratiquent avec des cailloux, des baguettes, des lames et plein d'autres choses.

VERTICALEMENT

1. Ce n'est pas rester neutre. – 2. C'est sa légèreté qui l'a fait finir dans la purée ! – 3. A eu beaucoup d'ennuis avec le petit ami de sa demi-sœur qui était au bout du fil. – 4. On s'en sert quand on mouille. Un peu moins que la moitié du quart. Romains. – 5. C'est appuyer. Rangea. – 6. Elle est dans le secret. Deux points. – 7. Avec elle, y'a de la joie. À suivre. – 8. Fait partie des limnées. Fis une réponse de Normand. – 9. Consacre. – 10. Prusse, Saxe, Brandebourg et Palatinat par exemple.

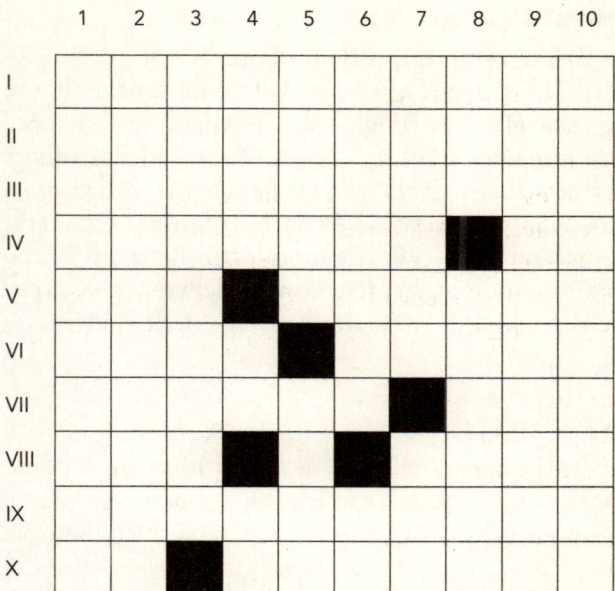

HORIZONTALEMENT

I. Ève ! – II. Impose un plafond. – III. Prisent. – IV. Un travail à la chaîne. Diminutif. Chante quand elle a la gale. – V. C'est la crème. Espèce de boulette de porc... – VI. On y voit des piliers et des demis. Rodrigue ne l'était pas vraiment. – VII. Ça gratte quand on la fait danser. En verve. Abréviation. – VIII. De quoi faire l'âne ou l'Ena. Fait étymologiquement comme Christian de Neuvillette. – IX. Sa racine protégeait les nôtres. – X. Faisaient exprès.

VERTICALEMENT

1. Un navet, en deux mots, on pourrait y pousser. – 2. Elles en tiennent une couche, et même plusieurs. – 3. Pas cap ! – 4. Châsse. Redoutable avec le merlan... – 5. Grecque inversée. Pris de vertu. Espèce de vieille nave. – 6. Se serait volontiers passé des colonnes de Trajan. Ne fait pas un rond. – 7. Chauffe les oreilles. Dans ce sens, ce serait plutôt un contre-poids. – 8. Un allemand la tête en bas. Permet de mesurer les bases. Repose. – 9. Avignon, autrefois. – 10. D'avance.

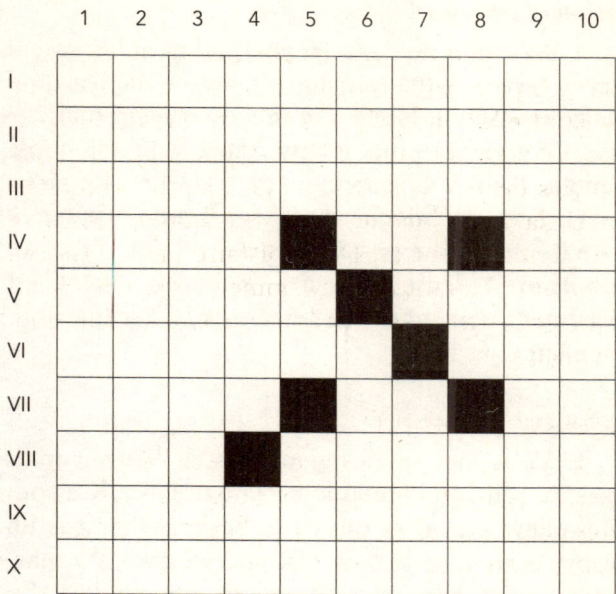

HORIZONTALEMENT

I. Personne ne s'est jamais plaint qu'ils soient trop verts... – II. Maison d'hiver. – III. De quoi faire une sépia. Nous a donné un certain mal... – IV. Ce peut être une gueuse. Fait la même chose que le 2e du V horizontal. – V. Voyelles. Repasse. – VI. Dans la bouche du pope. Bonne humeur... – VII. Passé du passé. Article. – VIII. Bien au contraire... L'est presque à Quiberon. – IX. C'est vraiment un retour à la terre. – X. C'est un mouvement.

VERTICALEMENT

1. Vous met sur les genoux. – 2. Voyant mais pas au sens où l'entendait Rimbaud. – 3. Ce sont des cheveux, ou ils ont de la barbe. N'est pas un esprit terre à terre. – 4. Est encore dans ses marques... Est ému. – 5. Rend un son anglais. En prose. Aux confins de Cherbourg. – 6. Toujours en action. Il a des titres. – 7. Dans un sens, c'est une espèce de courge. Un saint qui fait feu. – 8. C'est peut-être sa flèche qui est devenue proverbiale. En miettes. – 9. Appellent. – 10. Des années-lumière, en quelque sorte, mais en Italie...

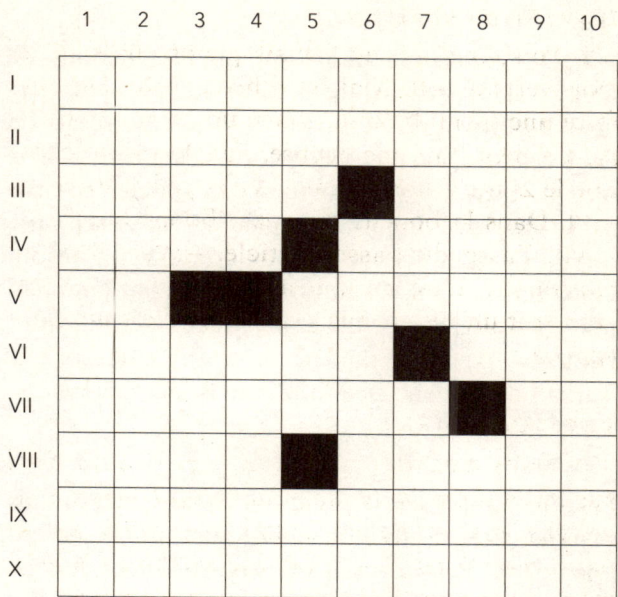

HORIZONTALEMENT

I. Dangereux en Italie et dans les chemins de fer... – II. Ils se partagent les marchés. – III. Servent à entortiller. – IV. En espèces. Morceau de Saint-Saëns. Dans l'auxiliaire. – V. Interjection. Une part de tarte. N'allez surtout pas appeler comme ça un employé du mont-de-piété ! – VI. Aussi utile quand on veut voir rouge que quand on a besoin de patience. – VII. Deux points. Deux sur cinq. Un peu de fioriture. – VIII. Fait partir, et en vitesse ! Pépins. – IX. Aura un but. À moitié entendu par Tarzan. – X. Peut être faite par la dentellière.

VERTICALEMENT

1. Accapareuse. – 2. Le dinothérium avait un air comme ça. – 3. On ne peut pas dire qu'elle ne fait pas un pli. Pense. – 4. Demi-figure. Demi-visage. Note inversée. – 5. Les couleurs lui donnent des couleurs. – 6. Se décide. C'est ce qui arrive quand la nation est coupée en deux. – 7. Au fond... – 8. En Pologne. Pas loin du cobaye. – 9. Concerne un vieux conscrit. – 10. Une espèce de quasi enrobé de barde...

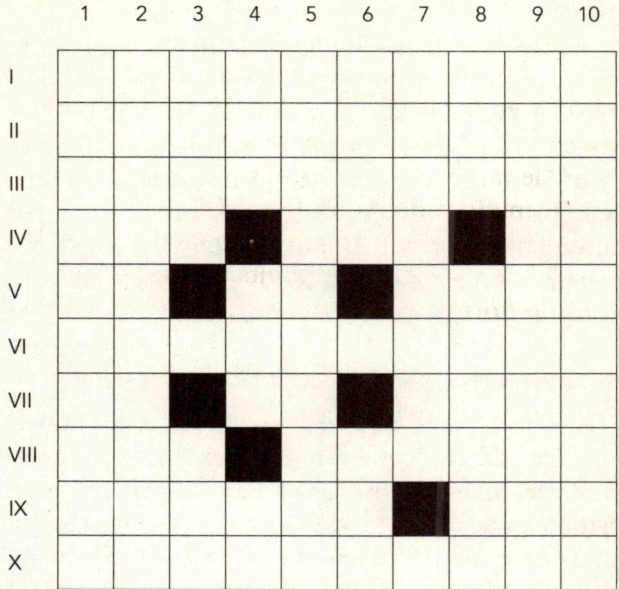

50

HORIZONTALEMENT

I. Réponse de Normand. – II. Ne manquent pas de pratique. – III. Il y en a trois qui sont les derniers. – IV. En réalité. Grecque. – V. Symbole. De droite à gauche, évoque la silice, mais pas du tout le cilice. Abréviation. – VI. Ferme la boîte. – VII. Coupait les pieds. – VIII. Plus long, il est allongé. En général. Fin de partie. – IX. En somme, il n'est plus... – X. Attention si vous voulez prendre des douches chez elles !

VERTICALEMENT

1. Elle a grand air avec ses bijoux. – 2. Dans le bocage. Va en Angleterre. Bon en 75. – 3. Arrivé à terme, mais la tête en bas. Fait un peu de genre. Morceau de savon. – 4. Font toujours impression, mais en font spécialement en 1688. – 5. Flotte au dessert. Me servais d'un passe... – 6. S'il a tellement rêvé du soleil, c'est qu'il a passé beaucoup de temps à l'ombre. – 7. Un pas anglais. Pastis romain. – 8. Encore plus anormal dans ce sens. Des sabres, ou des lattes. – 9. Démonstratif. Ne rompit pas. – 10. Ne sont pas affranchis.

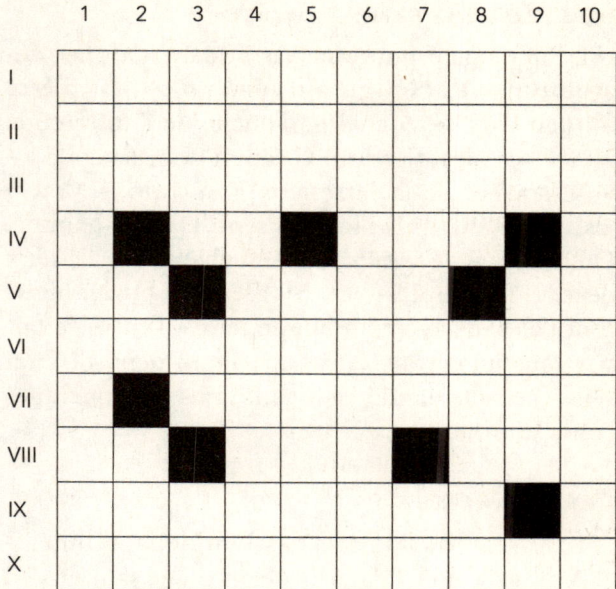

51

HORIZONTALEMENT

I. On ne peut pourtant pas dire qu'il ait fait des croûtes ! – II. Ne saurait vous reprocher d'être un peu trop rêveur. – III. Touché de l'autre côté. Note. – IV. Interjection. C'est un nom de code ! – V. Chevalier de la Jarretière. Bon train. – VI. Un train qui va dans le mauvais sens. Dans la gamme. On ne le mange que quand il est chaud. – VII. Vieux dégoût. Participe. – VIII. Morceau de bugle. Ne se font pas sans avoir un but en tête. – IX. Ne se fait pas sans un certain déjà-vu. Fait en dépit du bon sens. – X. Demande beaucoup plus que quelques cours d'initiation...

VERTICALEMENT

1. Après Toussaint et pas loin de la Trinité. – 2. Avec eux, on l'a dans l'os mais on ne saurait s'en plaindre. – 3. S'est fait chercher par une demi-douzaine des siens. – 4. Sort de Charenton. Pris en pitié. – 5. En toute propriété. Nous met sur les genoux. – 6. Romains. C'est donner faim. – 7. Il devait y avoir beaucoup de courants d'air. Tranche de romsteck. – 8. Laisse un doute sur l'addition. Week-end à la française... Son curé pourrait apprécier la messe en Ré. – 9. Devrait toujours être conçu par des gens qui y entendent quelque chose ! – 10. Inutile de le chercher dans le dictionnaire.

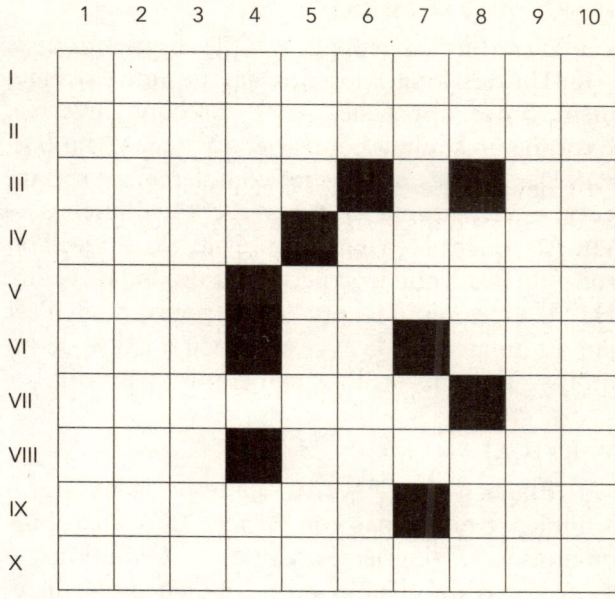

HORIZONTALEMENT

I. C'est une enveloppe. – II. Transatlantique… – III. Un très long apprentissage ou une extrêmement brève approche. – IV. Grecque inversée. Exprime un souhait contrarié. – V. Dans Manhattan. Des graines qui se sont complètement mélangées. – VI. Attache de l'autre côté. Blanches. – VII. Attaquent les vignes. Abréviation. – VIII. Son roi a bu. Beaucoup trop petit pour qu'on puisse dire Ha. Il est toujours pour, mais pourtant il n'est jamais amateur. – IX. C'est un peu à cause de lui qu'il y en a qui ont l'air empesé. – X. Brouille.

VERTICALEMENT

1. Elle a tourné ! – 2. Le culte de la nature. – 3. Finie, et même pas commencée ! C'est ça. Fins de mois. – 4. Vingtièmes. Contredit Giraudoux. – 5. Au bord du chemin ou au milieu de la piste. Un célèbre Ingénu qui a perdu la tête. – 6. C'est une signature. – 7. Ne sont pas auriques. Participe. – 8. Comme l'écharpe d'une messagère. Up pour une jolie fille ! – 9. Cinq sur cinq. C'est mieux quand c'est fin. – 10. Racine et Machiavel !

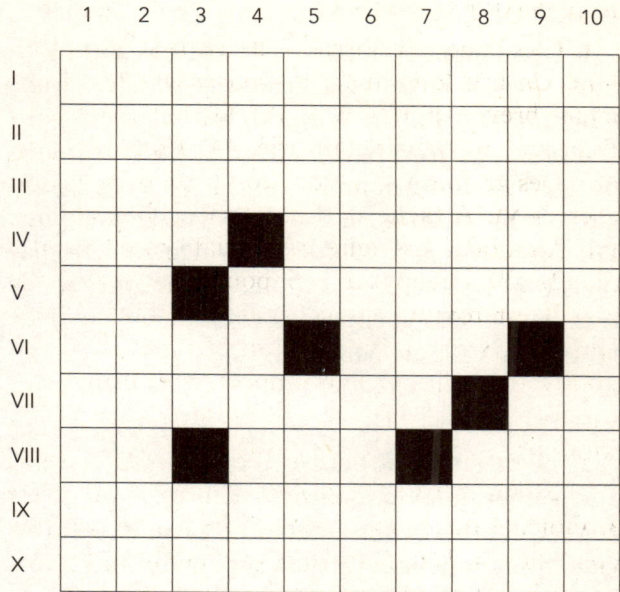

53

HORIZONTALEMENT

I. Une femme à la mer. – II. Au bas du quotidien. – III. Ivre et totalement embrouillée. Dans l'auxiliaire. – IV. Un Wisigoth qui se prend pour Dagobert. Se font parfois rouler. – V. Au milieu du guidon. Était donc ailleurs. – VI. Pois cassés. Un solitaire de droite à gauche. – VII. Trois points. Les premières des Mohicans. – VIII. Ne fis pas plaisir à Étiemble. – IX. C'est une variété de roman. – X. Désignerait plus volontiers l'œuvre de Hugo que celle de Manet.

VERTICALEMENT

1. N'est jamais à bout de course. – 2. N'a pas à chercher midi à quatorze heures. – 3. C'est cogner. Il a beaucoup marché en Beauce. – 4. Des vieux jours poétiques. C'est la pagaille au P.L.M. – 5. Pronom. Article. Aime tout ce qu'il touche de bas en haut. – 6. C'est Daniel Stern qui fait les pieds au mur. Romains. – 7. Note. Sang populaire. – 8. Allez à la messe. Question phonétique. À lui dans un sens mais à nous dans l'autre. – 9. N'a absolument rien à voir avec la supination. – 10. Traverse.

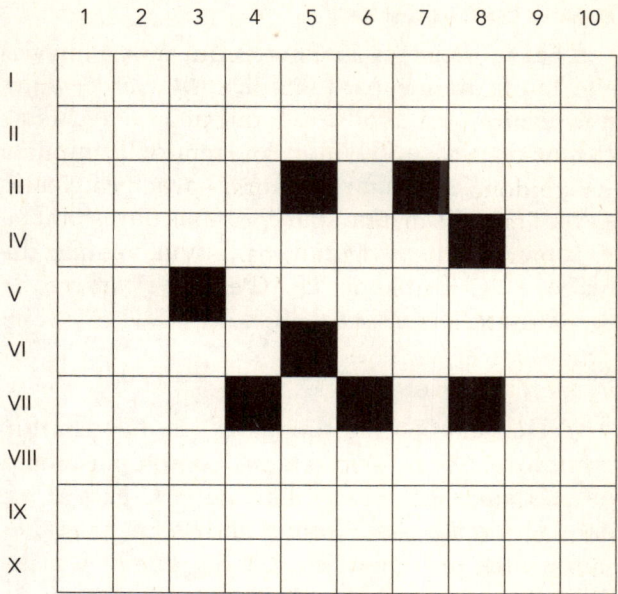

54

HORIZONTALEMENT

I. Fut meilleur qu'un Charles qui était mauvais. – II. Saint Antoine, par exemple. – III. Gardée dans une tire… ? La moitié du quorum. – IV. Fétichisme du pied. – V. Finit par se rendre. Rompues. – VI. Récoltée dans un proverbe. Participe inversé. – VII. C'est le métier d'un homme important… A force. – VIII. Rimbaud n'y aurait vu que du blanc. – IX. En panne. Le pays des cataractes. – X. De moins en moins d'effets…

VERTICALEMENT

1. Des cabots de cinéma. – 2. Ne saurait s'employer tant qu'on n'a pas compté au moins jusqu'à vingt en un. – 3. Part de la Creuse et va dans la Creuse. – 4. Admis de bas en haut. Ne saurait figurer dans les œuvres complètes du poète. – 5. Interjection. Agit. – 6. Proposent ou défont. – 7. Peut être Dalmate ou Slavon. Participe. – 8. C'est là que se fit le deuxième travail. Dans un sens c'est le troisième homme. – 9. La moitié de huit. Quatre sur cinq. Note inversée. – 10. Commandée.

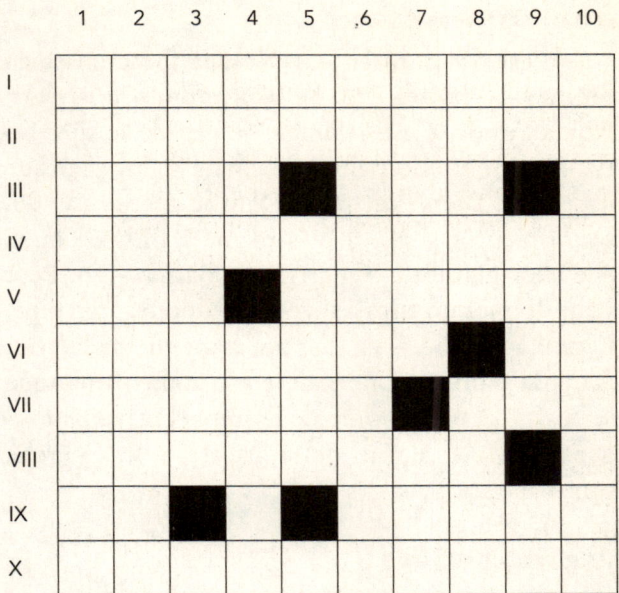

55

HORIZONTALEMENT

I. C'est pas naturel. – II. S'est fait une bosse en quittant sa botte. – III. Se trouve dans le Robert. Roma Amor, c'est vraiment le cas de le dire ! – IV. Présidentielle peut-être, mais il lui manque un pagne. Dans l'inconnu. Dans le décor. – V. On saura bientôt si elle a pris racine à l'Élysée ou si elle s'est plantée... Quartier de Batna. – VI. Peut vous donner un tuyau si vous lui donnez une pipe. Écrivit à l'arabe. – VII. Est pourtant en Angleterre. Dans la gamme. Une ville corse dont il manque le bas... – VIII. Homme de lettres. Peut vous donner soif. – IX. Voisin de la griotte. – X. Cherche son inspiration.

VERTICALEMENT

1. Des cavaliers chez Minnelli et des hélicoptères chez Coppola. – 2. Peuvent vous donner du galon. – 3. Dans l'Atlantique. Vieux guides. – 4. Voilà le hic. Pronom. Voie chinoise. – 5. N'implique absolument pas que l'ougrien soit malin. Le haché peut l'être ou peut y figurer. – 6. De bas en haut, son oncle a refusé de la donner à l'État. Un chef, mais pas de cœur. – 7. Une clé un peu tordue. Peut être grand avec art. C'est un gros complexe mais ce n'est pas une

raison pour le renverser. – 8. La moitié de 35. Le plus célèbre est un maillot de bains. – 9. Met au courant. – 10. De quoi apaiser notre soif de lecture.

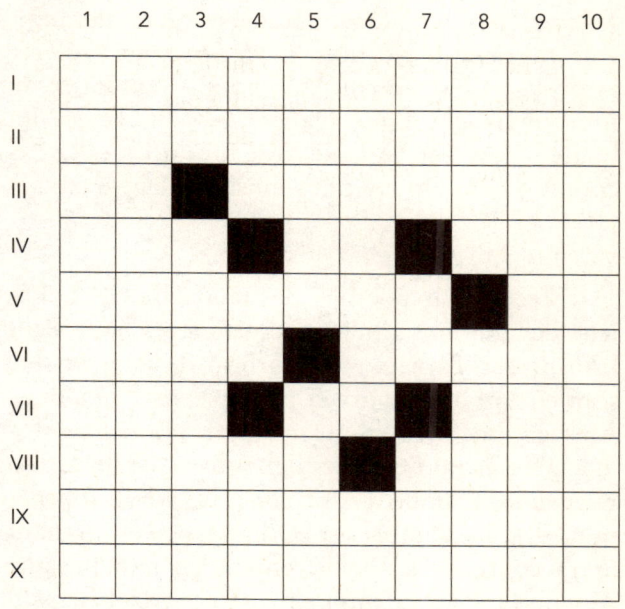

56

HORIZONTALEMENT

I. Rarement aussi bucolique que celui de Daudet. – II. Avec elle on est bien attrapé. – III. Pronom. Porte-parole. – IV. Réconforté par Pierre Jakez-Hélias. – V. C'est déranger et c'est dérangé. Une portion de portion. – VI. On peut préférer la porter. C'est un truc à la noix. – VII. Passe au four, mais pas pour manger. – VIII. Note. En boule. C'est bête quand ça a un an... – IX. Pas continu. – X. On est pour ainsi dire entre eux.

VERTICALEMENT

1. Lecteurs hypocrites de Baudelaire. – 2. Les jeux de l'amour et du hasard, de bas en haut. Peut transporter Tarzan. – 3. Un brin de muguet. Ne sont encore que quatre et pour pas mal de temps. Abréviation. – 4. Son tout est immédiat. Un machin qui ne tient pas debout. – 5. Elle est en queue. – 6. Flambé, mais à sec ! Aux bouts du chemin. – 7. Le comble est de l'attraper en prenant un raccourci ! – 8. Vieille renommée. Donna signe de vie. – 9. Peut quand même se nourrir même s'il est paresseux. En 84. – 10. Parties du taureau ou parties du bœuf !

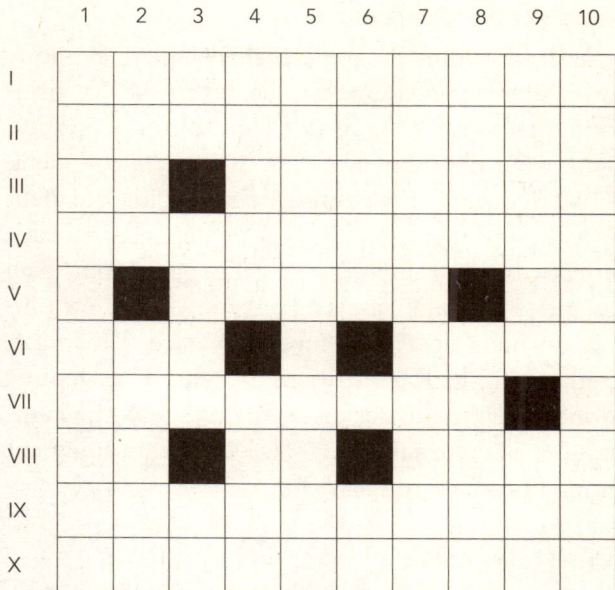

57

HORIZONTALEMENT

I. La rapidité de son développement explique qu'il se soit développé rapidement. – II. Sa virginité, sa vivacité et sa beauté sont toutes poétiques. – III. Cinq dix-huitièmes. Crie n'importe comment. – IV. Symbole. Un compositeur anglais qui peut être un vrai régal. – V. Eues. Une dépêche qui était effectivement brouillée. – VI. En Espagne mais bien avant. En Espagne mais à l'envers. – VII. C'est plutôt un bienfait s'il est suivi d'un vice. Pardonné, malgré un gros contresens. – VIII. Une femme douce. Est étendu des pieds à la tête. – IX. La campagne, en cette saison... – X. Devraient seulement nous faire voir rouge.

VERTICALEMENT

1. Donnerait à croire que l'Éden était situé en Nouvelle-Guinée. – 2. Il est tout étourdi. – 3. De bas en haut, un brin de marjolaine. Donne le feu vert. – 4. C'est se servir de la cape et de l'épée. Lettres de Tacite. – 5. Caractérisées par un certain repli. Lettres de Butler. – 6. Le cœur de Nemrod. Aux confins de Gabès. Quatre sur cinq. – 7. Une princesse éthiopienne qui a été renversée. Direction. Abréviation. – 8. Avec lui, on a peut-être un peu trop de frais, mais c'est

quand même pour faire des économies. – 9. Vient de mourir. Fait la manche au bout des doigts. – 10. N'ont servi qu'exceptionnellement à faire des pieds.

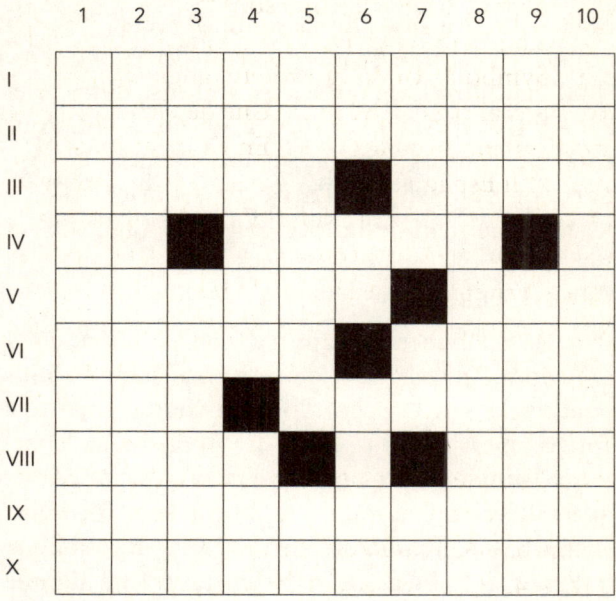

HORIZONTALEMENT

I. Ne saurait servir à un chômeur, sauf s'il est dans ses petits souliers ! – II. Trop singulière pour Lucien et Balzac. – III. Il est parfois cavalier. Symbole. – IV. Au bout de la route. Répéta. – V. Ça nous est pas bien égal. Morceau de Saint-Saëns. – VI. Peut être flambant dans un sens. Entre te et ro. – VII. Écrit sur l'Écriture. Pronom. – VIII. Pour coudre à l'envers. Amena sur un bateau. – IX. Appartient au système. Patrie de Charles XIV. – X. Manque trop de finesse pour être fine.

VERTICALEMENT

1. Un épanchement qui n'a rien de poétique. – 2. A donné naissance à deux de nos Jules les plus poétiques. – 3. Un chef dont on chante encore le couvre-chef. Demi-tour. – 4. Morceau de charlotte. Beaucoup plus belliqueux si c'est un comte que si c'est un baron. – 5. Avant les Mormons. Richard. – 6. Traduits. Une éphémère République italienne. – 7. Au cœur de Reichstadt. Une aiguille et une épine. – 8. Vit au milieu des sables. Dassin en fait un tueur à gages. – 9. Pour en finir, mais en remontant. Dans les Pyrénées, mais pas à côté de Boucau ! – 10. Avant on ne les appelait tout de même pas des goupillons !

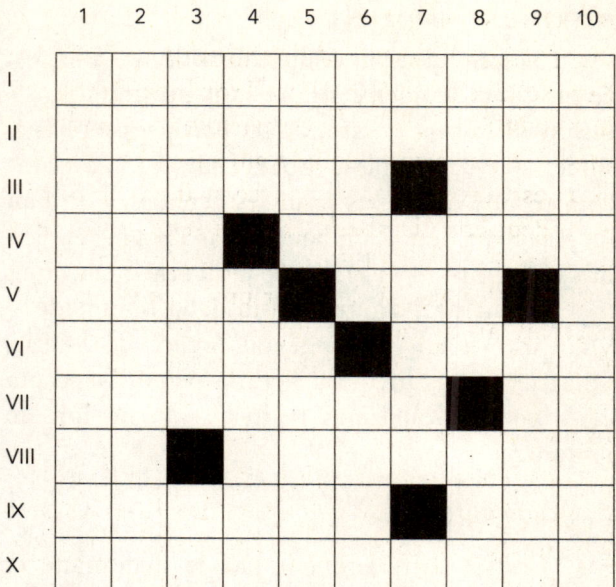

HORIZONTALEMENT

I. Pas très franc du collier, celui-là… – II. C'est ce qu'il y a de mieux à faire sans précipitation. – III. En ville, c'est un grand sac. Anversoise phonétique. – IV. S'emploie pour chasser. C'est une catastrophe, mais pas pour les céréales. – V. Fait un peu beaucoup. Ramdam, ou ras l'bol ! – VI. Perdra son temps. – VII. Dans le gouvernement, mais ni à gauche ni à droite. Voisin de la pommade. – VIII. Juste avant le tirage ou espèce de loterie. Quartier d'Agadir. – IX. Fera la peau. Escompta certainement quelques traites. – X. Se fait en prisant.

VERTICALEMENT

1. Goûtée différemment par le mélomane et par le gastronome. – 2. Donnent des pommes en Amérique du Sud. – 3. Ne sont pas encore chauves, si ça peut les consoler. – 4. Un artisan de l'unité allemande qui mérite de figurer en tête de liste… N'est pas comme le jardin du presbytère de Rouletabille. – 5. Un peu d'intelligence. Sainte étrangère. Un gars contrarié. – 6. Deux sur cinq. Obligera. – 7. Un homme d'acier, mais surtout un homme de fers. De bas en haut plus long que le suivant. – 8. Symbole. On pourrait y descen-

dre, mais en remontant. – 9. Tourna autour. Elle y est scopie à dix-sept heures. – 10. C'est une permanente.

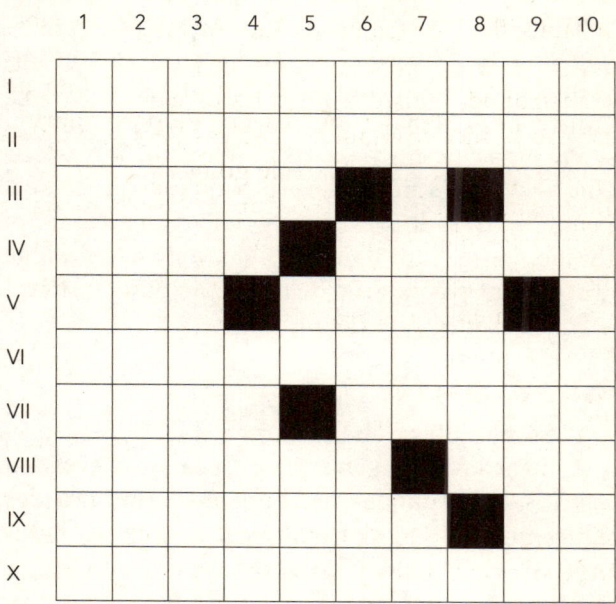

HORIZONTALEMENT

I. Pour les bals de Caroline, mais pas pour ceux de Virginie. – II. Son baiser lui a fait perdre la tête. – III. Peut se faire avec le H, ou avec la cocaïne. Une part de gâteau. – IV. Quotidien avec un jour. Dans l'eau ou, au contraire, de l'eau. – V. Fuit de l'autre côté. Signale une absence de particularité. – VI. Dans la médina. Est allemand. Trois sur cinq. – VII. On ne les lève pas quand on les suspend. Lettres de Watson. – VIII. Consolidai un forage. Leste, sauf dans la Bible. – IX. Ne désigne absolument pas le sosie de la fille de don Gormas ! – X. Ne font pas le détail.

VERTICALEMENT

1. Suit le bœuf chez Marcel. – 2. Peu sûre. – 3. L'informé veut l'être plus. Encaissa de bas en haut. – 4. Un modèle de bonheur. Annonce des tableaux. – 5. On s'attendrait à ce que ses habitants soient gais... Chouettes de l'autre côté. – 6. A la dent dure. Voyelles. – 7. Range. Sans gêne. – 8. Consonnes. Grave quand elle est forte. Rond japonais. – 9. Soustrait. Cochent. – 10. Ne sont même plus poussière.

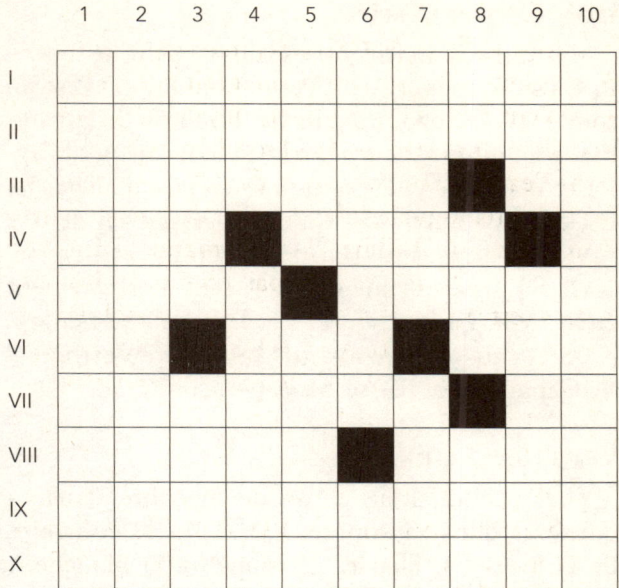

61

HORIZONTALEMENT

I. Il fait des mots croisés, mais pas tout seul. – II. C'est un métier. – III. Petite polonaise. C'est un tour. – IV. De droite à gauche, non loin de l'absinthe. Magnifiquement représenté par Farmer, Taylor et Blakey. – V. Est retournée en face d'Hendaye. Est-ce pour le chasser qu'on l'a coupé en deux ? – VI. Romains. Pronom. Pas ordonné et inversé. – VII. Sa prise est une dispute. Est incorrectement cité. – VIII. Ne pense qu'à ça. Fait un peu maigre. – IX. A fait pleurer avant Manon et Werther. – X. Canadienne, Russe ou Américaine.

VERTICALEMENT

1. Il y a quelque chose de macabre dans sa danse et dans sa sonate. – 2. Tout le contraire de la B.A. – 3. Flétrir. Le rouge ou la blanche… – 4. Il est très fleur bleue. Extrait de Mithridate. – 5. Espèce de gui. Pour la dague de Dagobert. – 6. Les bouts du bout. Consonnes. Nouveau quartier de Ceylan. – 7. Laissé en Angleterre. Souscrit. – 8. Deux sur cinq. Points. – 9. C'est une prise de force. – 10. Toute politique mise à part, il convient que la droite le soit.

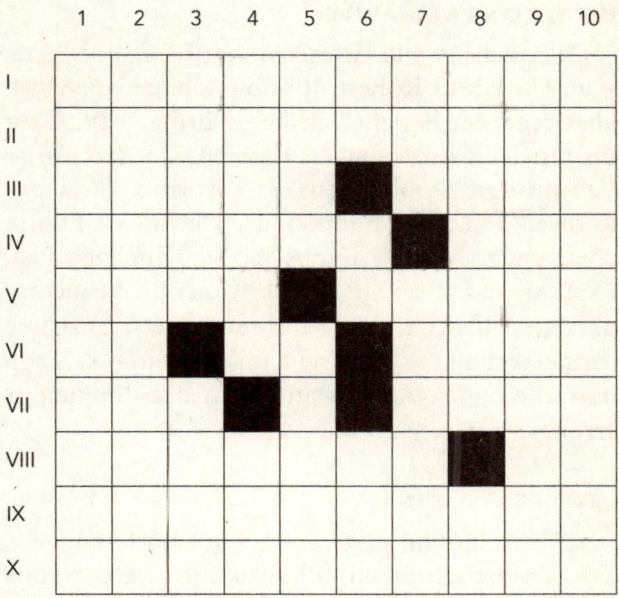

HORIZONTALEMENT

I. Perrache… – II. Giscard aurait bien aimé l'être. – III. Un grand Robert qui nous oblige souvent à aller regarder le petit ! Bribe de bribe. – IV. C'est un pipelet s'il est con ! Fragment de nervure. – V. Salit dans le plus complet désordre. C'est pas le rêve. – VI. Baie phonétique. Caches de l'autre côté. – VII. Met du temps. Si on l'appelle ainsi, c'est qu'il a été dévoilé. – VIII. Romains. Beaucoup plus amical si c'est un substantif que si c'est une forme verbale. – IX. Firent un renvoi. – X. Trop nouvelle pour qu'on ait pu y demeurer longtemps errant.

VERTICALEMENT

1. Partisan d'un parti… – 2. On l'a à la bonne… – 3. Un artisan et un commerçant peuvent vous les mettre de côté. Entend à contresens. – 4. C'est une autorité. Morceau d'accordéon. – 5. Adresse. Quartier de Papeete. – 6. Les Bacchantes se les laissent pousser… Porte-objet. – 7. Pousse de l'autre côté du Nil… Corrigera. – 8. Provient d'un hybride. Se fait mieux quand on a bien repassé. – 9. A succédé à la poire. Si seulement elle avait été sœur jumelle ! – 10. Elle est nue avec un léger voile…

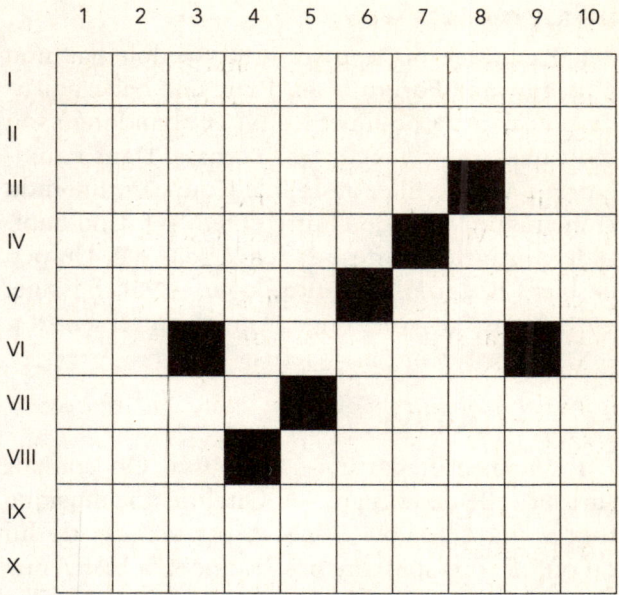

HORIZONTALEMENT

I. La môme ou le frisé. – II. Ne doit pas non plus aimer le Forum. – III. Pour une belle poitrinaire, c'était le bouquet ! – IV. A abandonné son mousquet, mais a récupéré la crosse. Dans l'auxiliaire. – V. Une fille, ou la fille Coupeau. Entendu à Vientiane, mais de l'autre côté. – VI. Une habitude contrariée. Amusé et renversé. – VII. Un peu de bien. Regardai de l'autre côté. – VIII. Bassine. – IX. Nous fait voir rouge. Tintin, autrement dit. – X. Ne restèrent pas inactifs.

VERTICALEMENT

1. Va bientôt partir. – 2. Abusai. On connaît surtout celle de l'océan. – 3. Qualifie une musique tout à fait classique... – 4. C'est à cause de lui qu'on ne nous souhaite pas vraiment la bienvenue à Montparnasse. Est mal reçu. – 5. Aussi Salvador qu'Henri, mais pas du même côté. Une manière de se tenir la tête en bas. – 6. Du côté de l'accessoire. – 7. En Afghanistan. Symbole doublé qui a beaucoup plus que doublé. – 8. Rosa, en deux mots. – 9. Un brin de ciboulette. Chèvre à peu près à égale distance de M. Seguin et du Loup. – 10. Sans indulgence.

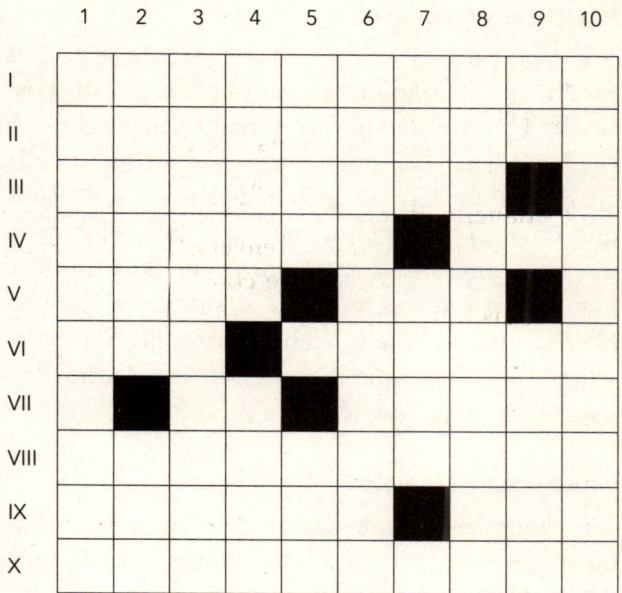

HORIZONTALEMENT

I. Avant de sortir, on la met en garde. – II. Plus proche des baignoires que des lavabos. – III. Possessif. Des ronds sur un anneau, en anglais. – IV. Précèdent les esquimaux. – V. Normal qu'elle ait inspiré un Goujon. Contre-cœur... – VI. Unique pour une danseuse suédoise. En avant mais pas en avant. Deux sur cinq. – VII. C'est joindre par l'autre bout. Amorce le dialogue. – VIII. En plein centre de Caen. Vient de revenir. Symbole. – IX. Moins forte que la moutarde. – X. Aurait pu mettre ses filles aux fenêtres de son atelier !

VERTICALEMENT

1. Tous les régimes qu'on veut mais pas vraiment pour maigrir. – 2. Des arbres avec le bois desquels on n'a jamais fait de barreaux... – 3. Pour le jeune Mozart il faut le doubler et même un peu plus. Partie des Carpathes. – 4. Pris de syncope. En quantité. Quatre sur cinq. – 5. Il y en a un qui a fait cette rue avant de faire la Ville. La pagaille dans le TGV. – 6. Ne veulent pas nous mettre au courant. Le quarantième n'est pas pris au sérieux. – 7. C'est pas du tout cuit... Une eau couleur cuivre. – 8. Attire, et pas seulement un campeur. Nous met sur la voie

mais rarement tout seul. – 9. Elle est chronique et elle est locale. Points. – 10. N'en sont pas à leur premier essai.

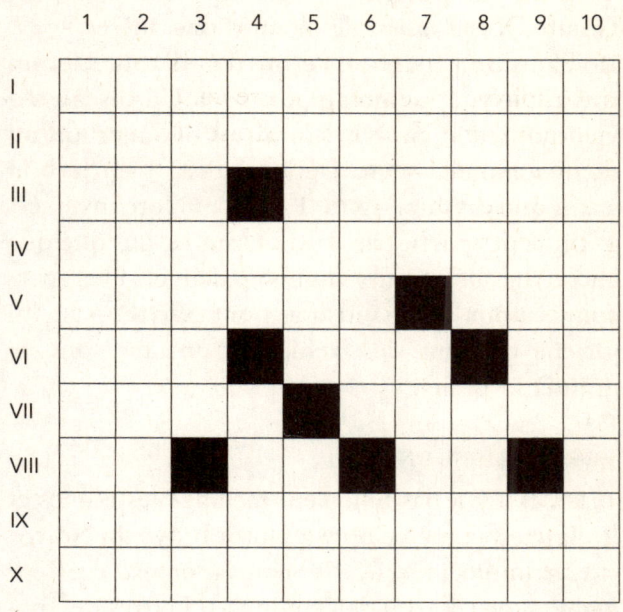

HORIZONTALEMENT

I. Est-ce qu'avec lui ce sera la vie en rose ? – II. C'est un putsch ! – III. Paire de godillots. Goutte. C'est aussi le nom d'une mère. – IV. Romains ou Espagnol. Permettent d'apprécier un travail. – V. Pas faites pour. – VI. Un oiseau s'il vient après mai. Ne saurait provoquer qu'un demi-sommeil. – VII. Désigne aussi bien le bon grain que l'ivraie. – VIII. Pas lisse. Note inversée. – IX. Une partie de la botanique ou quelque chose de beaucoup moins paisible. Plus personnel pour Rimbaud que pour Sartre. – X. En Orient ce sont des véhicules qui ne sont ni grands ni petits.

VERTICALEMENT

1. On n'y a pas tellement mélangé les Blancs et les Jaunes, et même on y a plutôt broyé du Noir… – 2. Pronom inversé. Version japonaise de Kennedy ou de Charles de Gaulle. – 3. Lettres de Tocqueville. Entendu en Cerdagne. – 4. Comme au moins deux héros de Labiche. – 5. Mit une apostrophe. Deux sur cinq. – 6. Dans la corbeille. Fus. – 7. Coule de source. Copule. Trempait de bas en haut le burnous. – 8. Affecté. Quartier de Katmandou. – 9. Leur étoile fut beaucoup chantée.

Faisait bouillir. – 10. Si ce sont des machines, elles rendent droit, mais si ce sont des personnes, elles font plier.

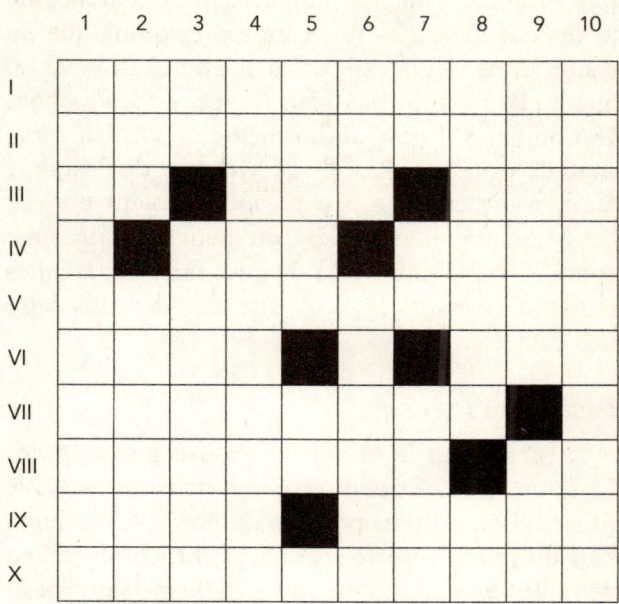

HORIZONTALEMENT

I. Le contraire d'un grand-perd ! – II. Ne se met pas en code. – III. On ne parle ni de leur beauté ni de leur avocat. – IV. À moitié insomniaque ou toute latine. Ce n'est pas la fin de tout. – V. En Suède. Ils ne sont pas bien élevés. – VI. Pas bon. Une injure s'il l'est de lui-même. – VII. Un morceau de Coltrane. La fille de Minos et de Pasiphaé était sa nièce. – VIII. Est retourné devant un ami de Maupassant. Rondes, ou peuvent faire une ronde. – IX. Usent. Voilà de quoi faire deux belles paires d'assassins. – X. A vite fait de vous faire une crasse...

VERTICALEMENT

1. Perpétuent la brioche d'un usurpateur polonais. – 2. Versera peut-être une pension. – 3. Ne fit rien. Pot, ou plus petit qu'un pot. – 4. Pas bien. Fait du porte-à-porte à Paris. A du jeu au milieu de la semaine. – 5. Pour un socialisme sauvage... – 6. Une demi-portion de paella. Éclaircissons. – 7. Une liste qu'il faudrait remettre en ordre. Donna en exemple. – 8. Il faut un ringard pour faire ça. – 9. Forme d'ire. Direction. Direction. – 10. Roman pour un Roman. C'est tout le contraire d'un procédé.

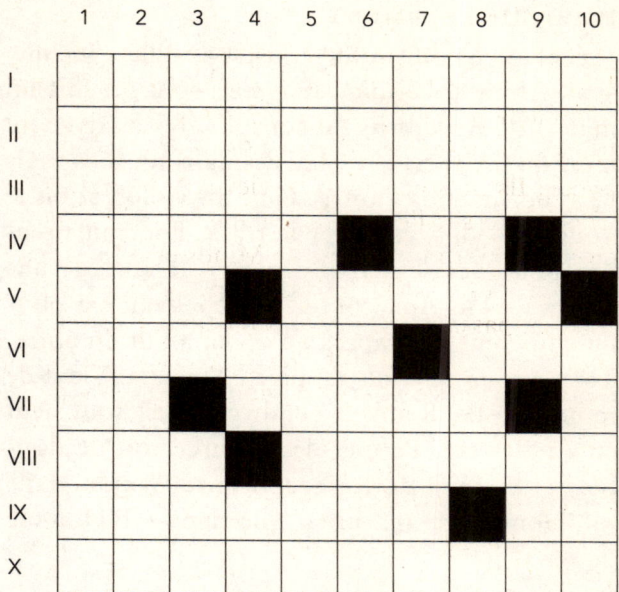

HORIZONTALEMENT

I. N'est pas du tout repos. – II. Elle s'incline. – III. Abîmes. Un dieu renversé dont on fait un mât. – IV. Au-dessus du consul... Boron avec lui n'est qu'un âne. – V. Choisies dans un sens mais pas choisie dans l'autre. Finit au violon si on le double. – VI. C'est lever le train. Pourrait prendre pour devise « Il n'y a pas de fumée sans feu ! ». – VII. Aux confins du Niémen. Va pour un empereur bien après qu'on en a fait un autre. Trois sur cinq. – VIII. Copiée à l'envers. Vient de mourir. – IX. Remis à l'endroit, il est tout neuf en Angleterre. Permet de renforcer ou de douter. – X. Ont davantage inspiré Wajda dans « L'Homme de marbre » que dans « L'Homme de fer ».

VERTICALEMENT

1. Espèces de conduites... – 2. Tout à fait. – 3. S'oppose à la sortie. Implique une escale. – 4. Ne manquent pas de distinction. – 5. Des Portugaises avec des gourdes. Possessif inversé. Article d'importation. – 6. Veut nous envoyer en l'air et de bas en haut. À l'envers mais pas l'envers. – 7. N'y coule plus depuis 1860. Cité pour un non-voyant... Partie de belote. – 8. Reçoit

6 810 000 litres d'eau par seconde. Participe inversé. – 9. Bon pour le service. – 10. Apprennent à être ordonnés.

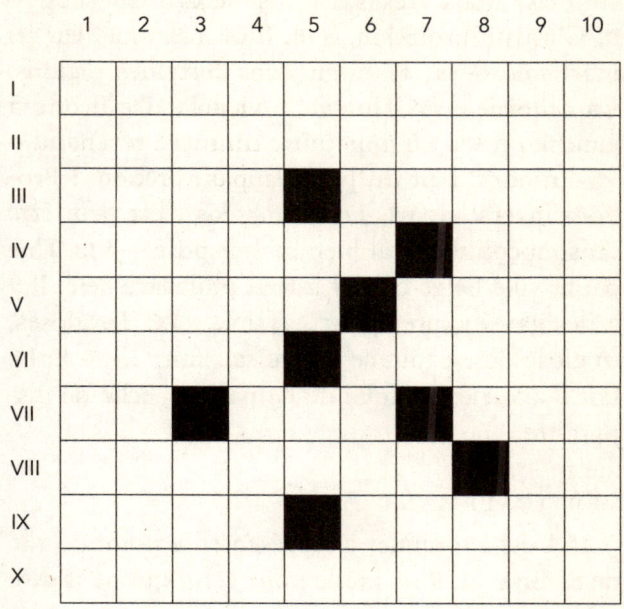

HORIZONTALEMENT

I. Vous ne trouverez à sa table que des choses simples, mais très soigneusement disposées. – II. C'est un brouillon. – III. Il est pratique. Un cri inarticulé. – IV. Habitait dans certaines régions. En cadence. – V. Un cercle vicieux. De droite à gauche on y a vu apparaître un sacré revenant. – VI. Pronom. Fait du précédent un prénom ! Pronom inversé. – VII. Dans un sens c'est peut-être un soupçon. Un étal bien mal disposé. – VIII. Une petite ville belge où il y a tout pour être gelé. Il y a des gares exprès pour le faire. – IX. Tu gloses, tu gloses, c'est tout ce que tu sais faire !... – X. Le fait d'avoir été plaqué ne l'a pas empêché de disparaître.

VERTICALEMENT

1. A été le premier à représenter le point de vue de Sirius. – 2. Plus facile pour celui qui peut dire « Nourri dans le sérail, j'en connais les détours »... – 3. Ce mot-là on le cherche toujours. Clair dans les salles obscures. – 4. Droit dans les campagnes. De bas en haut, les Israéliens s'y sont servis sur un plateau... – 5. De bas en haut, n'a aucun droit... Deux quartiers périphériques de Toronto. – 6. Entre Urbi et Orbi... Place de grève.

– 7. Sont de scène. Possessif. Gnan ne le rend pas du tout gnan-gnan. – 8. Voyelles. La raie et le maquereau y sont à leur place. – 9. Quand c'est son tour, il passe deux fois. – 10. Ruy Blas, amoureux.

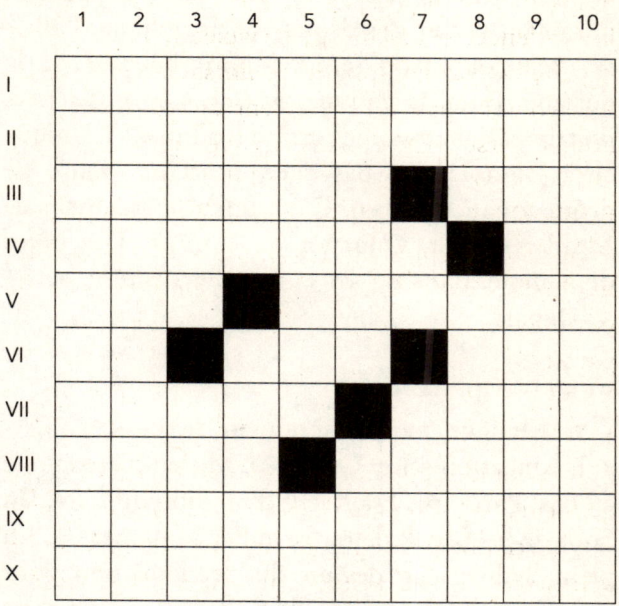

HORIZONTALEMENT

I. Monsieur Jourdain, surtout vers la fin de la pièce... – II. N'est pas davantage la capitale de certains trisomiques que Bangkok n'est celle de certains xiphopages. – III. De droite à gauche : aurait pu verser des droits à Aristophane. Pâli. – IV. Beaucoup trop familier pour l'auteur de la Somme. Dans la gamme. Marches. – V. Le tiers du triple. Font comme certain Rodin. – VI. Unique chez Pagnol mais pas chez Truffaut ! Dure de droite à gauche. – VII. C'est agir. Un fragment de Mahler. – VIII. Quartier de Vilnius. Des bêtes de somme, dans un sens. – IX. Fort intérieur... – X. Départ.

VERTICALEMENT

1. Menace particulièrement le casse-cou. – 2. L'éducation selon Gary. – 3. Mis en bière la tête en bas. Participe. Fragment d'un diptyque. – 4. Un bout de beefsteak. Fera travailler sa dame. – 5. En plein Sydney. Le devant du derrière. Son pont nous permet de rouler dessus. – 6. Longtemps après saint Remi. N'y touchez pas il est brisé... – 7. Vient d'un catalogue. Il faudrait les retourner pour pouvoir s'y retirer. – 8. Habillé comme Dagobert. Sorti de Biribi. – 9. On peut quand

même lui reprocher d'abuser parfois des clichés ! – 10. N'est pas amorphe mais on l'a quand même à l'œil.

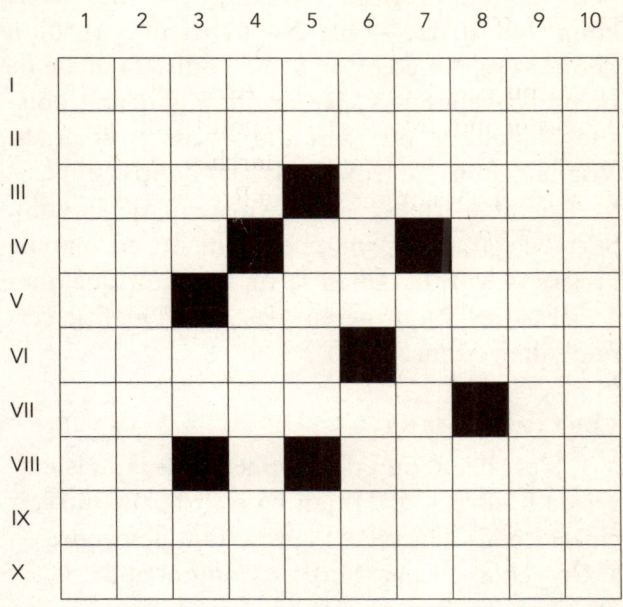

HORIZONTALEMENT

I. N'auraient pas vraiment aidé Icare. – II. Ne perd pas ses propriétés émétiques quand on le coupe en deux. – III. Ne provient pas d'un choix. – IV. Au cœur de Saint Louis. Tranche de bœuf. Voyelles. – V. De droite à gauche : boisson alcoolique ou pour des boissons chaudes. Voguait pour le roi, mais de l'autre côté. – VI. Prit aux tripes. – VII. Morceau de boudin. Sort du garage en marche avant ou en marche arrière. – VIII. Bergman le fut pendant quelques années. – IX. Ne frustrent pas. – X. Qualifie certaine dialectique.

VERTICALEMENT

1. S'est beaucoup développée sans jamais cesser de fondre. – 2. Trajan l'aurait beaucoup fait élever, mais Hadrien l'aurait fait descendre. – 3. Un creux sans bords. Conjonction. C'est Quoirez avec un an de plus. – 4. Nous a donné du nerf et nous a fait la peau. – 5. Entre Dieu et la reine en Angleterre. De bas en haut : y a-t-il davantage de bouchons qu'ailleurs ? – 6. Pourrait être pacifique avec un an de plus. Vu en rêve. Fil à retordre. – 7. Sur l'autre bout des ongles. Fond ou attache. – 8. Une blanche et deux noires.

Un intellectuel pour un manuel. – 9. Données au départ. À côté des abeilles. – 10. Ce n'est quand même pas à cause d'elle que l'on est de gauche ou de droite.

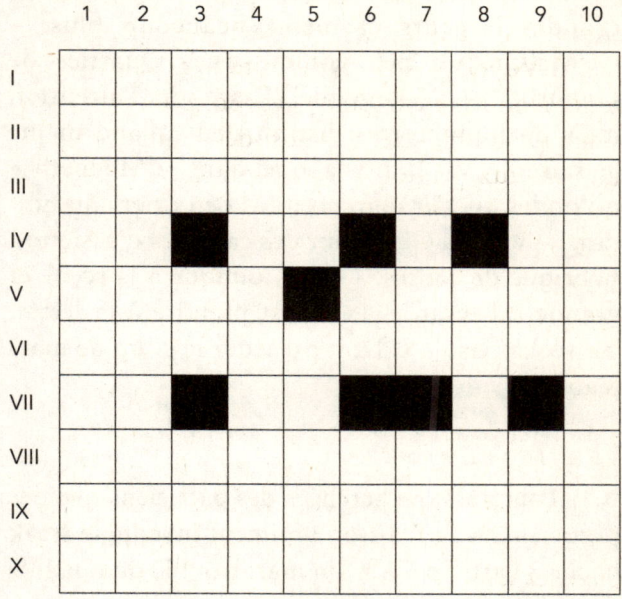

71

HORIZONTALEMENT

I. Les Américains l'appellent Frank et nous l'appelons aussi en américain mais autrement. – II. Plus discrète que Madeleine. – III. Dans les grandes largeurs et même beaucoup plus. – IV. Marche un peu comme ça... Quartier de Livourne. – V. Grecque. Exige de l'attention mais un homme très distrait peut quand même le faire. – VI. Il n'y a que dans « Macbeth » qu'on les ait fait marcher. Les deux tiers du holding. – VII. Du Gien pour des casseurs d'assiette ! Fabrique de cadres. – VIII. Comique à la scène et grande à l'écran. – IX. C'est prendre à la lettre. Ne sécha pas. – X. Doit précéder le coup de marteau.

VERTICALEMENT

1. Tout aussi recherchées des patriciens que des praticiens. – 2. Y a-t-on vraiment inventé le steak haché ? Participe. – 3. Un mari troublé ou une fille douce. Épouse de Dagobert. – 4. Fait comme Dodgson. – 5. Sont évidemment envoyés à tous les points cardinaux. Près du clos pour Ninon. – 6. Tite en fait une maladie ! Admise à l'envers et d'ailleurs pas bien reçu. – 7. Mauvais effets. – 8. Vous pouvez la rencontrer à la Trinité. – 9. Nu

de la plante des pieds à la racine des cheveux. Vient de mourir. – 10. Le sud, l'orient et le nord lui font également défaut.

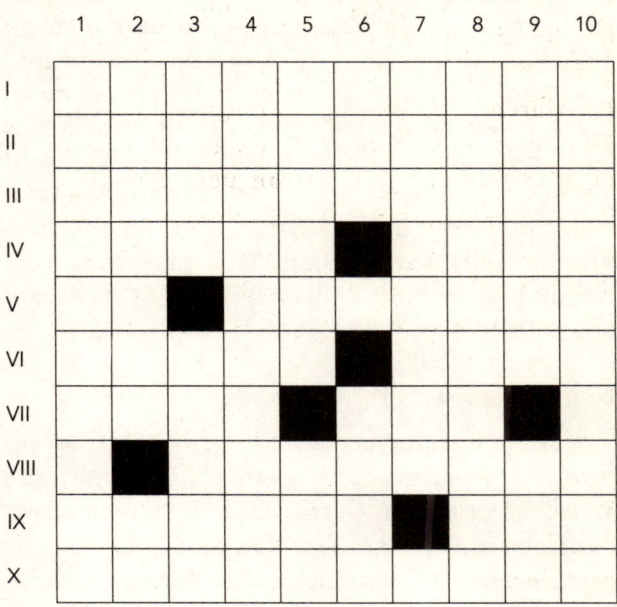

HORIZONTALEMENT

I. Patrie de deux vrais amis. – II. Naturels. – III. Selon Robbe-Grillet sa progressivité fait plaisir. – IV. Toute en Yougoslavie ou partiellement à Venise. Anti-pape... Au début du dictionnaire. – V. Son fils a mis les voiles et lui en est mort. C'est avaler de travers. – VI. Ces demoiselles-là, elles ont fait quelque chose de renversant ! Vieilles peaux retournées. – VII. De droite à gauche, fait partie de la Société. Tire à gauche. – VIII. Au milieu des rosiers. Gris peut-être, mais pas du tout morose. Dans le delta. – IX. Peut être mis en pièces. – X. Possédés.

VERTICALEMENT

1. Ne nous fait pas perdre le nord. – 2. C'est un titre. – 3. Donnent des baguettes aux sourciers. – 4. Au cœur de la Corse. Une demoiselle dans l'autre sens. Préfixe. – 5. Tenue. Ce que savait surtout faire le plus célèbre des Tarzan. – 6. De bas en haut : fut chanté en Espagne pendant la République. Un silicate de magnésium dont les propriétés infanticides ne sont pas vraiment naturelles. – 7. De chaque côté de la cafetière. Trois sur cinq. – 8. Preneur de son. Lit de l'Anglais. Chef de block. – 9. Est suspendu, et pas très joliment. – 10. Ont du mal à faire le point.

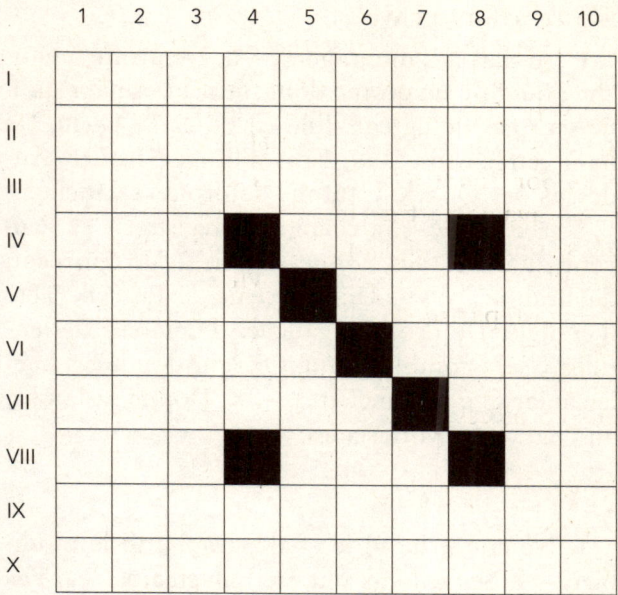

HORIZONTALEMENT

I. Un mal des montagnes. – II. De droite à gauche : qualifie un atome dont on peut espérer qu'il ne sera pas désagrégé. Elle est de 25 % ! – III. De haut rendement. – IV. Travailla au parquet. Au-dessus des Quatre-Cantons de droite à gauche. – V. Vieille armée. Fait changer de registre. – VI. Peuvent qualifier des bonnes œuvres. Un morceau de Brahms. – VII. Un morceau de Purcell. Tête d'épingle. De droite à gauche : l'amateur de lentilles y sera comblé. – VIII. On leur doit aussi bien le caviar que les omelettes. – IX. Donne sa langue au chat. – X. Minuscules.

VERTICALEMENT

1. Ne concerne ni le chalcographe ni le plombier. – 2. Ses enfants ont été louveteaux. – 3. Pas vierge. Un singe qui se tient la tête en bas. – 4. Font tout de travers. Marie de Médicis, Anne d'Autriche et Gaston d'Orléans de bas en haut, le 10 novembre 1630. – 5. Coupeur de tête en bas ! Un visage à scalper ! – 6. Un peu d'encre. Voyelles. Un peu précoce. – 7. Vient après la Mamma. Suivit l'enseignement d'Ovide. – 8. Ne sont pas coulantes. – 9. Ne sont pas disposés à lire « Par-delà le Bien et le Mal ». – 10. Il est à sa place puisqu'il est tout au bout.

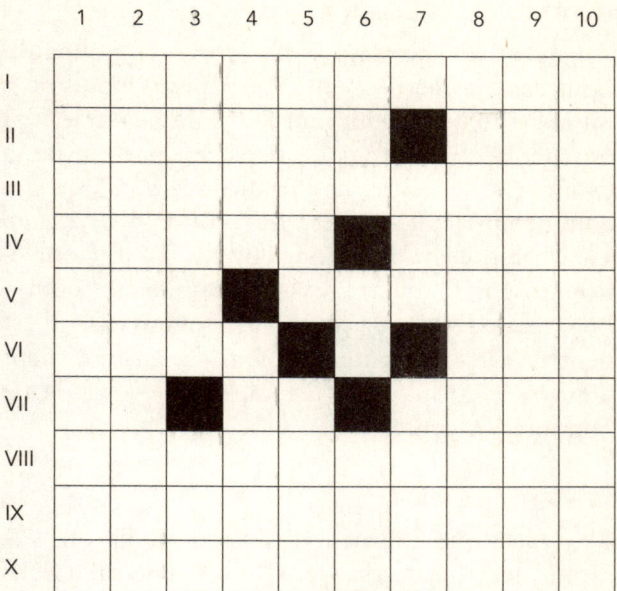

HORIZONTALEMENT

I. C'est un imprimé. – II. Lettres de Soupault. Font des kilomètres. – III. Vieux pot. Quand on a un bon rhume, en enlevant le « e »... – IV. Se font évacuer après un tour de reins. En partant de la droite, c'est le centre de la gauche. – V. C'est faire comme un lèche-bottes. La moitié d'Ulysse. – VI. Un morceau de laiton. Fondis. – VII. Confectionnés par Flaubert. – VIII. A donné son nom à Podgorica. Deux sur cinq. Il est anglais mais il est neutre. – IX. Crevante. – X. Il n'y a pas tellement d'autres endroits en Italie où il soit si facile de remonter la pente.

VERTICALEMENT

1. Bien que tournés vers l'avenir, ils ont été rapidement dépassés. – 2. Qualifie une salle dans laquelle il y a un billard. – 3. En tout cas ce n'est pas un exercice de haut vol. – 4. Un pet de travers. Chez-soi. – 5. Sorti de l'oubli. Pas complètement. Un fragment de Conrad. – 6. Le truc à Napier. Un club qui dissimulait son origine artésienne. – 7. On n'en a pas assez versé ! Cinq sur cinq. – 8. Refile. Un peu enrhumé. – 9. Constance pourrait la remplacer. – 10. N'ont quand même pas besoin d'un banc pour écrire.

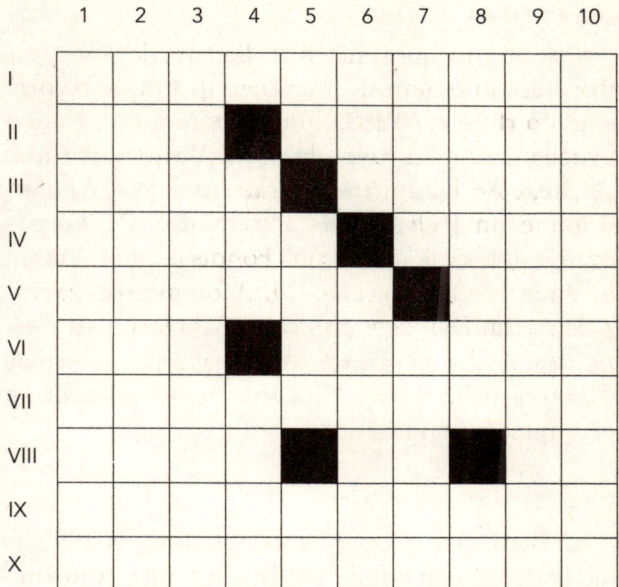

HORIZONTALEMENT

I. Caligula lui a succédé. – II. Fait le vide. – III. Précède l'identité d'une façon plutôt péjorative. Note. – IV. Pas courant. Donna de droite à gauche un aspect hivernal. – V. C'est le contraire de casser les pieds. Midas, partiellement. – VI. Participe. Un mollusque qui, effectivement, n'est pas toujours dextrorsum. – VII. Préfixe inversé. Un roi de Juda très connu chez les photographes. Symbole. – VIII. Boîtes à contresens. Avec un os c'est un chapeau. – IX. Évoque davantage la pointe de diamant que la pointe du tapissier. – X. Beaucoup plus que de simples connaissances.

VERTICALEMENT

1. N'est pas nécessairement un homme d'âge moyen. – 2. Coureur de fonds. – 3. Serait beaucoup plus localisée si on la mettait au pluriel. Tenue de la femme au foyer. – 4. Sa table n'a pas une bonne réputation. Après John et Robert. – 5. Un Albert qui fait les pieds au mur. Rêvée de bas en haut. – 6. Au bord de La Seyne. Conjonction. – 7. La moitié de l'éternité. Possessif. C'était dangereux avec devant derrière. – 8. Une partie de tennis. Une manière de s'en aller si on le met à l'eau… Un demi de blonde. – 9. Empire. – 10. Prouva bien en 1713 qu'un Clément ne l'était pas tellement.

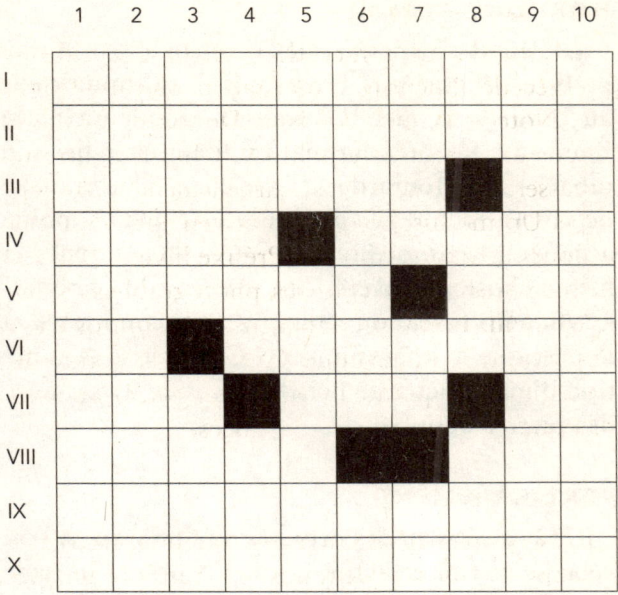

HORIZONTALEMENT

I. C'est sa compagne que l'on chante. – II. Aurait pu être hébergé par Frédéric II. – III. Immortelle au bord de la mer. Le Kansas en fait un autre État. – IV. S'y prendra mal en allant chercher son tabac. – V. Moutarde à l'ancienne. Une tranche de saucisson. Un peu de littérature. – VI. À moitié accaparé. Peau, ou sur la peau. – VII. Annonce la même chose à l'envers. Aux confins de Cabourg. – VIII. Romains ou chinois. Beaucoup plus à l'ouest que le khamsin. – IX. Caractérise la fonction d'un rédacteur en chef. – X. Rien à voir avec des pierres de lune.

VERTICALEMENT

1. Caractérisent des activités où l'on peut, si l'on veut, se mettre à l'ombre. – 2. Victoria et la reine Maud y sont sur leurs terres. – 3. Fait beaucoup moins féminin que belle... Pronom. – 4. La meilleure peut gagner un bol. Les Polonais ont tout à craindre de celui de Varsovie. – 5. Va au fond. On peut ne vous en donner que des miettes. – 6. Étendue raide. Une demi-vérité. – 7. Vous fait parfois une faveur. Une espèce de chapelet. – 8. Voyelles. De bas en haut : sa tranche est souvent saignante. Un morceau de nougat. – 9. Ce n'est pas clair. – 10. Sont capitales dans les campagnes.

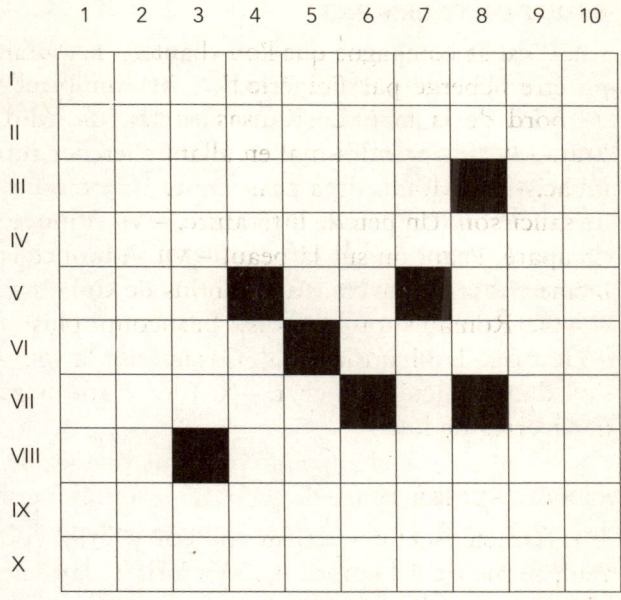

HORIZONTALEMENT

I. Un spécialiste de la mise en pages... – II. Est nécessairement insulaire. – III. Dans le malheur. De droite à gauche, précédèrent Dassault. – IV. Mal lavé. Deux sur cinq. En tête de tous les trains sauf du Mistral. – V. Temps passé. – VI. C'est dans la manche. Exclamation inversée. Conjonction. – VII. Fit du piano de droite à gauche. A la même particularité qu'Ève et qu'Ava. – VIII. Trois sur cinq. En France. Romains. – IX. S'attaque à la suivante. – X. Point d'eau.

VERTICALEMENT

1. Se mettra à chanter si vous lui donnez le volant... – 2. Remontée de cent façons différentes chez Queneau. – 3. Participe. Dans le secteur. Fit du foin de bas en haut. – 4. Cet homme-là, il a été une grande partie de sa vie sur les nerfs. Sorti du nihil. – 5. A fait boire du lait à un buveur de vin. Fait surface. – 6. Séjour d'un tyranneau... On en fait un patriarche. – 7. Pas sobre. – 8. Ses soldats ne sont que très superficiellement des bleus. Préposition. – 9. Ne sont pas comme Godot. – 10. Perpétuel parmi les immortels.

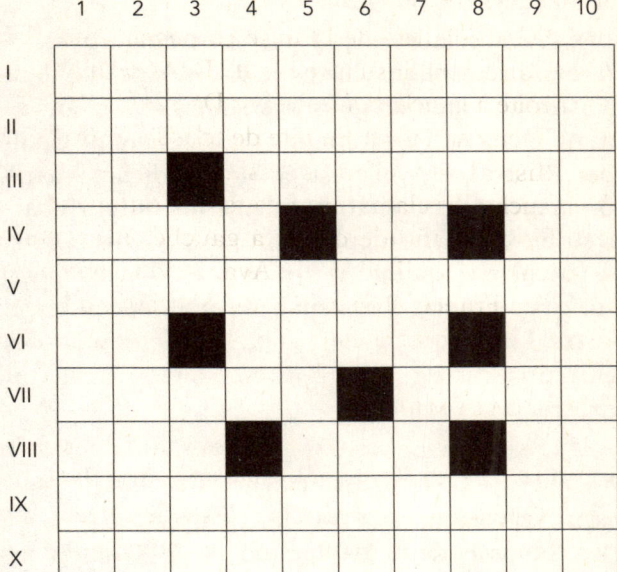

HORIZONTALEMENT

I. N'est pas enregistré par le cardiographe... – II. Dans l'auxiliaire. Dans le tiroir. Enclavé dans Valréas. – III. Ne saurait chanter qu'un air de famille... – IV. Des Romains qui viennent de Chaldée. Cette bière, elle est encore meilleure quand on la renverse. – V. Une bénédictine ou une chartreuse. – VI. Affectueusement vieille. Trois points. – VII. Montent sur leurs montures. – VIII. Deux sur cinq. On sait comment s'appelle son concierge. – IX. Lustres. Voyelles. – X. Caractérisent des entreprises dont vous pouvez, soit espérer, soit exécrer les coupures.

VERTICALEMENT

1. Ne caractérisait pas nécessairement la voix de l'homme de Cro-Magnon. – 2. Grande au Texas. Joua Nana. Un morceau de camembert. – 3. Hors la loi. – 4. C'est très précisément un format de poche. – 5. Serré de bas en haut. En pente. – 6. Un homme de valeurs. – 7. Saint seulement pour les amateurs de musique ou de tapisserie. Dans la gamme. – 8. Rafraîchies. – 9. Porte-voix. Un très grand nombre. – 10. Les douceurs angevines le furent en 1557.

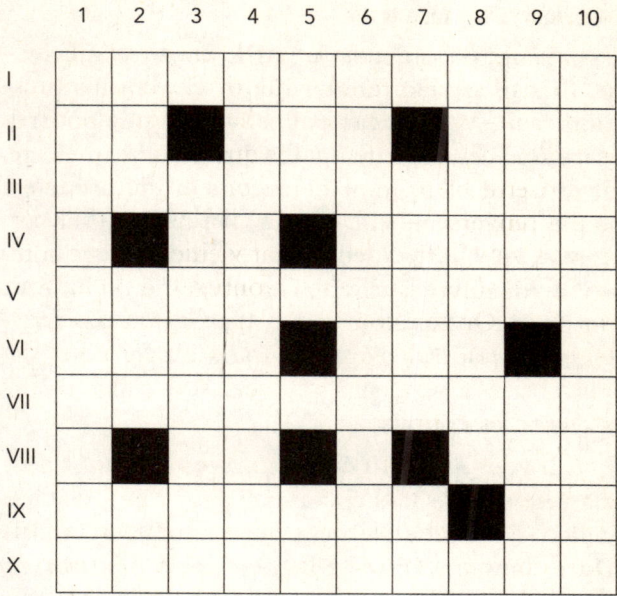

HORIZONTALEMENT

I. Peupla Coblence à la fin du XVIIIe siècle – II. Il nous a bien montré qu'on vivait sous pression. – III. Va à la campagne. – IV. Vous pourrez y trouver des carpettes. – V. C'était du veau gratté, et retourné. Du point de vue de la culture, c'est la moitié d'un milieu. – VI. Du gin dans un shaker. Part. – VII. Un Q.G. vendéen. Jadis de l'autre côté. – VIII. Fit suivre la filière. Gentil quand on lui fout un gnon ! – IX. Non lieu… Placé. – X. En franglais, on pourrait l'appeler « fox terrier » !

VERTICALEMENT

1. Il vous saute au cou. – 2. Avec elle, c'est tout de suite râpé. – 3. N'encourage pas l'esprit de chapelle. – 4. Une crise peut l'être si elle est aiguë. Dure dans un autre sens. – 5. C'est abaisser en remontant. C'est seulement dehors qu'il est plein. – 6. Lettres de Lacenaire. Bouts de coton. En dedans. – 7. Pronom. Reluquai par en dessous. – 8. Pas fondé, ou naturel. – 9. En colère. Ville étape. Bien en chair. – 10. Riva l'était dans Hiroshima.

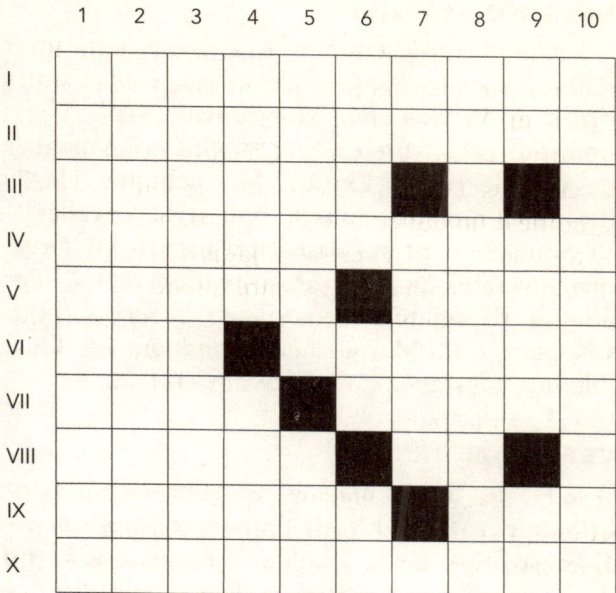

HORIZONTALEMENT

I. Coupures de courant. – II. Nous fait entrer dans la société des gens de lettres. – III. Contre ordre. A du bien chez Montherlant. – IV. A pris une sous-préfecture de l'Aude. Une connaissance de Claudel. – V. Extrait de colchique. Hardy devrait le remettre dans le bon sens. Voyelles. – VI. Son acte n'est pas dans Don Juan. – VII. Grecque inversée. En Georgie. Direction. – VIII. Pas admise. Rien pour Antoine mais beaucoup pour Cléopâtre. – IX. Marque une orientation. – X. Qualifie une substance qui peut vous enflammer.

VERTICALEMENT

1. Fit des Rimes mais est également connu par la bande. – 2. Peut vous donner les oreillons. – 3. Fait équipe. De la bouillie de renne. – 4. Façon de parler. Sa révocation a déjà commencé ! – 5. Dans la gamme. Il y a un oiseau qui l'est. Chef d'atelier. – 6. Somma. – 7. Première partie de la première partie du gros intestin. Son sens est littéral. – 8. C'est de l'argent anglais. Romains. – 9. Si on lui laisse le temps, elle nous fera un de ces plats ! Vient des Évangiles. – 10. Aimerait peut-être bien que les généraux fassent action…

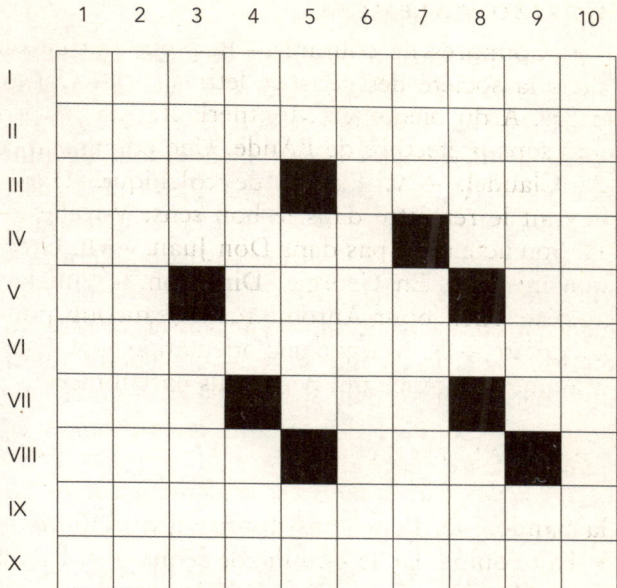

81

HORIZONTALEMENT

I. Que ne ferait-il pas pour être aux cabinets ! – II. De droite à gauche, surtout connu par Del Duca. Mieux vaut que ce soit la cravate que la gorge. – III. Reagan en aurait-il besoin de plusieurs ? – IV. Participe inversé. Passé de l'autre côté. Pris d'excellence. – V. C'est faire un velouté. En espèces. – VI. Le pithécanthrope l'était. – VII. Une paire de chaussettes. Sous japonais. Commence à faire l'addition. – VIII. Un vrai morceau d'anthologie. C'est une note. – IX. Mieux valait qu'il ne nous fasse pas la bise. Chef d'école. Préposition. – X. Plus destiné que le burnous à ce qu'on le fasse suer.

VERTICALEMENT

1. Plus près du Proletkult que du pop art. – 2. Aurait pu être une des attractions du Paradis terrestre. – 3. Huile sur toile. C'est ça. Cri de Léon. – 4. Le septième comte d'Elgin massacra son œuvre la plus célèbre. Deux sur cinq. – 5. On y fait les courses. – 6. Ce sont des interventions. – 7. Plutôt des groupements de vendeurs que des groupements d'acheteurs. En brochette. – 8. Nuança de bas en haut. C'est ce qu'on trouve en cassant la croûte. – 9. C'est faire un renvoi. – 10. Liquident.

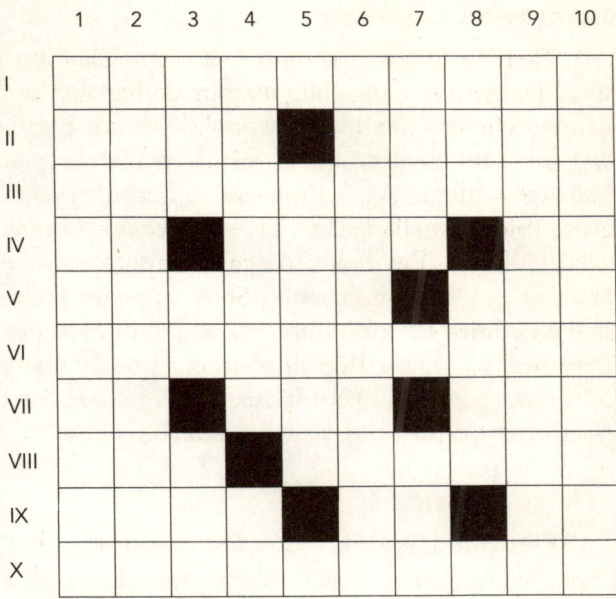

HORIZONTALEMENT

I. Finit parfois à la trappe. – II. Peut vous faire une belle jambe. – III. Fille ou mer de Russie, tout dépend du sens. Peut caractériser de droite à gauche un gros chagrin. – IV. Vieille planche. Était battu en Chine. – V. À moitié fort. Entre les roses et les mauves mais à l'envers. – VI. Fait la chaîne avec Holiday. Vient du Niémen. Aux confins de Dantzig. – VII. C'est pire qu'une vacherie, et pourtant ça devrait être moindre. – VIII. Ne ralentit pas seulement la valse. – IX. Elle tourne, d'accord, mais de là à se retourner ! Feront du chemin. – X. Ricord est mort trop tôt pour les connaître.

VERTICALEMENT

1. Objet de fantaisie. – 2. Ça le faisait chanter. Du bonheur à en perdre la tête. – 3. Seraient plus beaux dans l'autre sens. À vous d'y chercher noise. – 4. Sans doute la plus belle femme de France. Demande par en dessous. – 5. Deux sur cinq. Fait danser Guy. – 6. Fragment de corpuscule. Trois peintres, et même quatre avec Toulouse-Lautrec ! – 7. Un ruban qui en fait beaucoup plus. – 8. On ne peut pas faire mieux. Un peu de triomphe, sauf pour Vichy en 1942. – 9. Le Munster en est un morceau. Vénus est venue. – 10. Devraient suivre une école d'application.

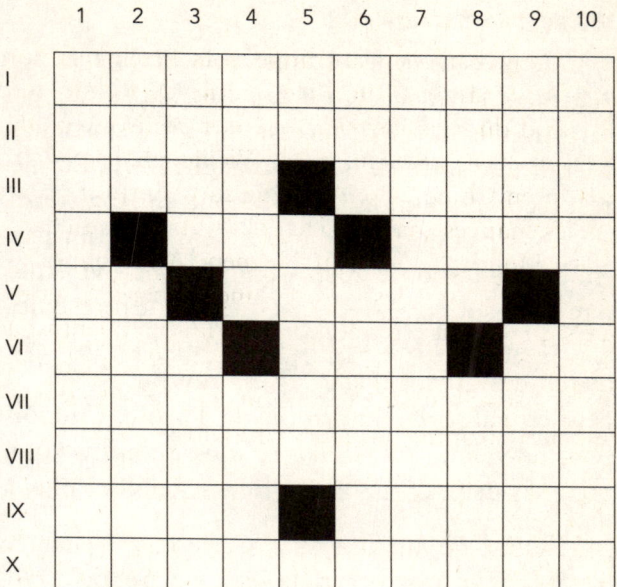

HORIZONTALEMENT

I. A précédé Michel-Ange à la Sixtine et son Jugement dernier à Orvieto. – II. Ne se fait pas sans permis ni sans concession. – III. Consonnes. C'était une sorte de qui perd gagne. – IV. En pièces. Demi demi-mondaine. Mange en Angleterre. – V. N'a pas du tout le même sens pour un psychologue et pour le goal. Conjonction. – VI. Vous ferait les souliers avec un ci-devant. Entre Baltique et mer Blanche. – VII. Ce ne sont pas les dernières des Abencérages. Il est revenu. – VIII. A peut-être absorbé du protoxyde d'azote. Un morceau de vélin. – IX. Célèbre, sous un autre nom, pour ses deux côtés. En février. – X. N'est plus à l'heure.

VERTICALEMENT

1. Lamoricière y est allé alors qu'un autre s'y rendait. – 2. Si elle est comme ça, inutile d'y mettre toute la gomme. – 3. Un peu de sorgho. C'est là qu'on décollait... C'est le Pauvre Lélian traduit en arabe. – 4. Court à reculons en Angleterre et maintenant en Allemagne. Faisais comme Jean-Baptiste dans le désert. – 5. Une dernière. Une urne en morceaux. – 6. Redonnera des forces pas forcément avec une tête de veau. – 7. Indien tar-

dif. Direction. Venu de l'Islam. – 8. C'est se mettre à l'ouvrage. C'est toujours la quatrième. – 9. Des anges passés d'Espagne en Amérique. – 10. A son syndicat...

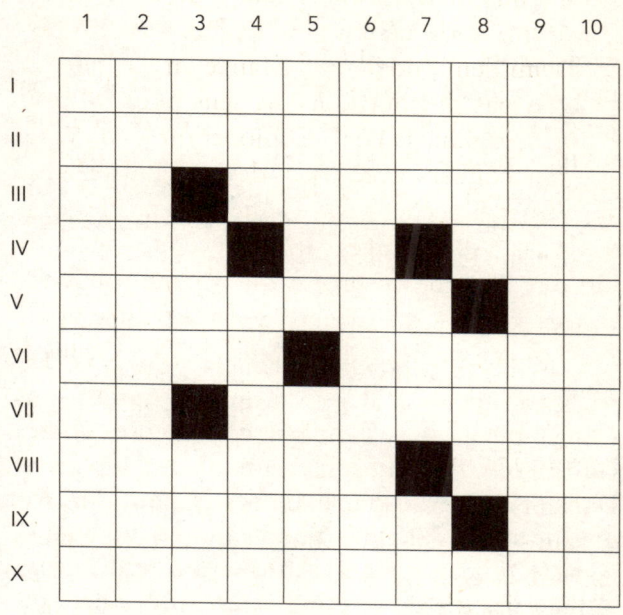

HORIZONTALEMENT

I. Faisait des passes. – II. Manifestes ou illusoires. – III. Débrouillent. – IV. Voudrait n'être iranien que linguistiquement parlant. En quarante. – V. En pleine fiction. Ne saurait, dans un sens, caractériser la « Huitième » de Schubert. – VI. Un peu de bonheur. Fait sa pelote. – VII. N'aimait pas les carmels mous... C'est une fête mais bien loin. – VIII. On ne l'a pas lu, on ne l'a pas vu, mais on en a entendu causer. Portion de portion. – IX. Une terre fertile et retournée. Casque. – X. Auraient pu fournir Hippomène.

VERTICALEMENT

1. Évite les pépins. – 2. Fait la peau. – 3. Des trucs en jonc. – 4. Il y en a un seul qui est gras. Contre-pied... – 5. Finit par de fameuses chutes. Garde-fous. – 6. Fait son chemin dans l'autre sens. Dans l'eau ou sous terre, de bas en haut. – 7. Mit dans le secret. Victime d'un fléau. – 8. Le bout de la piste. En un instant. Affirmation retournée. – 9. Bien des pièces y sont élégies. – 10. Elles sont dans les transmissions.

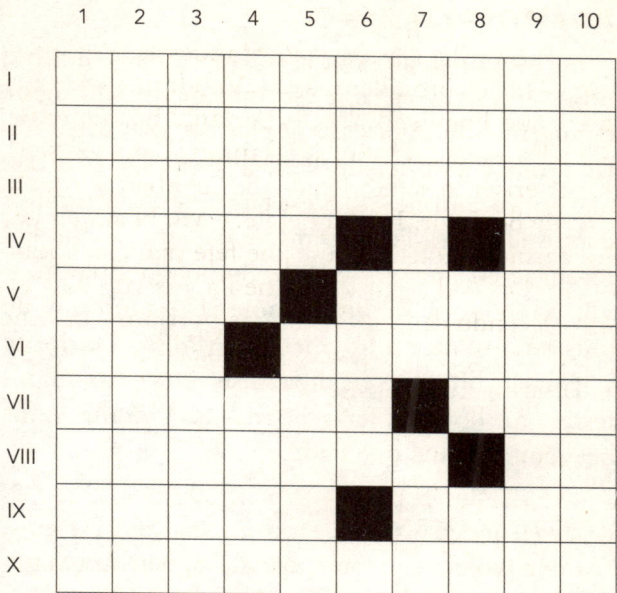

HORIZONTALEMENT

I. Il est tout à fait pour la collaboration. – II. Chez nous et nos voisins c'est une devise d'origine étrangère. – III. Agit dans le plus complet désordre. De droite à gauche, absolument vieilles. – IV. C'est une appréciation. – V. S'est pas mal perfectionnée depuis Tullius Tiro. Dans le Sahara. – VI. Est retourné en Suisse. Swahili, Sotho ou Zoulou. – VII. Manque à la belle dame. Un morceau de musique. – VIII. Un fragment de Mahler. De droite à gauche, libyenne ou libanaise. – IX. Pas manifestes. Au bout du ferry-boat. – X. Voltaire le fut beaucoup moins que Sade.

VERTICALEMENT

1. Renvoie aux trois unités. – 2. Les Anglais y ont débarqué. – 3. Un homme de parole. En herbe. – 4. C'est lui et pas Édouard Leclerc qui aurait dû s'installer à Landerneau ! Un grand destructeur des Indes. – 5. Mis en vedette. N'ont pas du tout le même sens pour un juge d'instruction et pour un amateur de sculpture contemporaine. – 6. Peint avec Bonheur, ou sans. Un fragment d'hostie. – 7. De bas en haut, plus fin que le barreau de chaise. – 8. De bas en haut, ce n'est pas là que les Belges doivent aller jouer au flipper ! Voilà une

manière de la tourner. – 9. C'est à cause de lui qu'on finit par étouffer dans la pièce. On s'en fait une montagne mais c'est aussi un fleuve. – 10. On l'a toujours à la bonne...

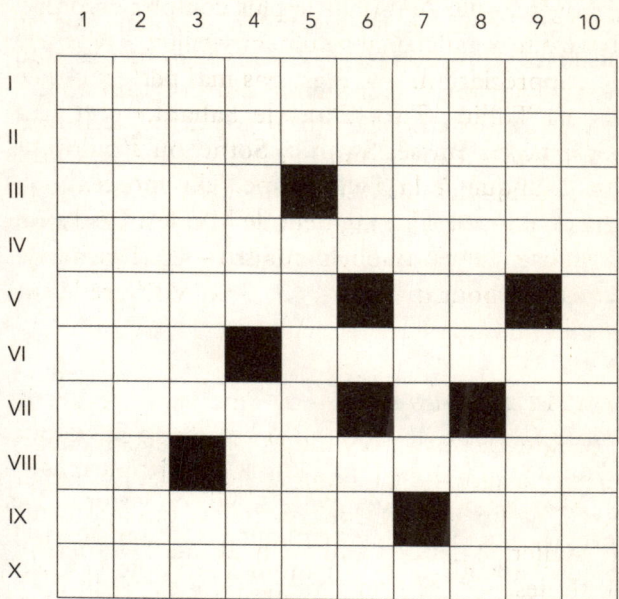

86

HORIZONTALEMENT

I. Il s'envoie en l'air avec un élan ! – II. Petit épargnant... – III. Personne ne nous a fait autant de scènes que lui. – IV. Entre Aurore Dupin et George Sand et inversement. On en fait un Richard compromis. – V. On peut mettre nouveaux devant. Est indienne d'un certain côté. – VI. Deux sur cinq. De droite à gauche, le II horizontal en est un. – VII. Furax ! – VIII. Ressemble à une chenille. – IX. Fait d'une bouche un massacre. Une motion mal fichue. – X. C'est surtout à cause de ça que les canards s'occupent des chiens...

VERTICALEMENT

1. Le premier cycle. – 2. Part en se levant de table. C'est un des six. – 3. A beaucoup de bâtons. Peut se faire aussi en dehors des brancards. – 4. Moreau pour Gustave. – 5. Mis en vedette. Pas prévu. – 6. Saint de banlieue. Mal famée. – 7. Séjour anglais. – 8. Vit mourir Antoine et Cléopâtre. – 9. Se trouve en laisse. – 10. Se présentent rapidement.

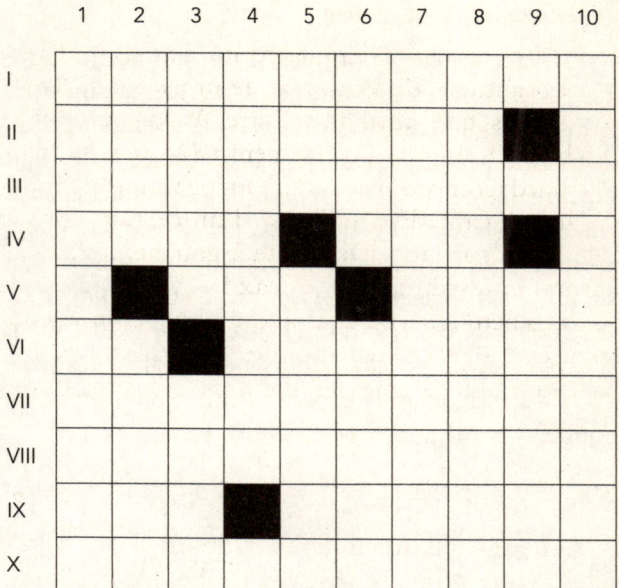

87

HORIZONTALEMENT

I. Grâce à elle, on pouvait avoir chaud ou flamber. – II. Espèces de remises. – III. Donna son nom à Léon III. Lettres de Voltaire. – IV. Segment d'un segment. Meneur mais pas d'hommes. – V. Fait comme le mérinos à l'envers. Râpa. – VI. Le saint du saint ou le sein tout court. De droite à gauche, c'est surtout à cause des Bobbies qu'on se souvient de lui. – VII. A beaucoup fait pour la popularité de la duchesse de Dantzig. Possessif. – VIII. Vient d'arriver et de partir. Moins noble que basané. – IX. S'adresse au plus proche. Était bleue, noire ou rouge. – X. Grandes pour Philip Pirrip.

VERTICALEMENT

1. Peu souhaité à Saint-Gobain. – 2. Chez elles, vous pourrez trouver de beaux parleurs. – 3. Citoyens pour les services publics. À tous bouts de champ. – 4. En situation. Sans Mayerling, c'est dans sa capitale que Rodolphe y serait passé. – 5. Tarzan en est un. Un peu de manioc. – 6. Ce n'est pas vraiment briller. Changea de couleur. – 7. Il n'y a que là-dedans qu'un ignare puisse être calé. – 8. En remontant la pente. Parisienne d'Offenbach. Un service encore plus secret dans ce sens-là. – 9. Bip bip, par exemple. – 10. On y était attaché et elles nous laissaient tomber.

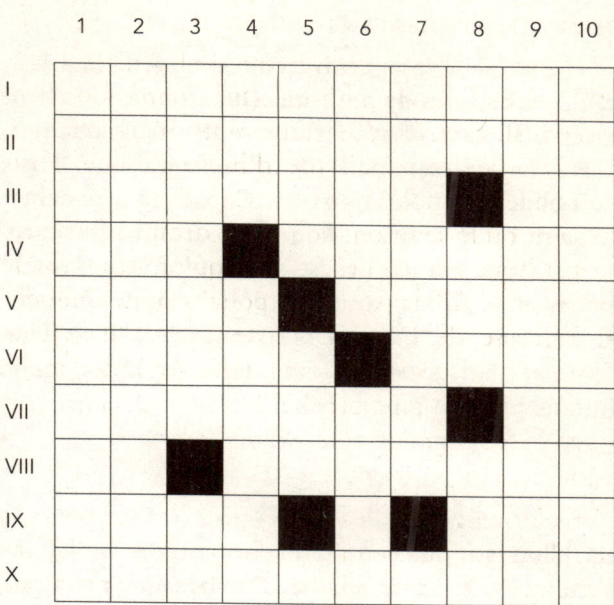

HORIZONTALEMENT

I. En fait, c'est surtout du gin. – II. Pas loin d'Épernay ou tout au bout. Des moitiés de clientèles qui peuvent se partager entre trois chaînes. – III. Pas précisément. – IV. Dans la gamme. Trois seizièmes. – V. Administres. De droite à gauche : avec ça va y avoir du sang. – VI. C'est une affaire. – VII. Avec elles on n'est pas loin d'être dans le pétrin. Pris de surprise. – VIII. Un peu de térébenthine. Des tics qui ont été contrariés. – IX. Une femme qui rapporte. – X. Fins de mois, mais jamais plus de quatre fois.

VERTICALEMENT

1. Renvoie la balle. – 2. Fourni par un palmier de bas en haut. – 3. Qu'est-ce qu'on caille, là-dedans ! – 4. La spécialité d'un glacier, mais pas d'un fabricant de boules de gomme. En garnison. – 5. En remontant, Marcel Proust allait y chercher des souvenirs. – 6. N'arrive pas à bon port. Fait partir en marche arrière. – 7. Une étoile qui est devenue une nova. – 8. Pas bien élevé et aurait besoin d'être redressé. Un peu d'animation. – 9. Prénom d'un harponneur. Il est vert au milieu du béton… – 10. Des lignes qui passent toutes par Réaumur !

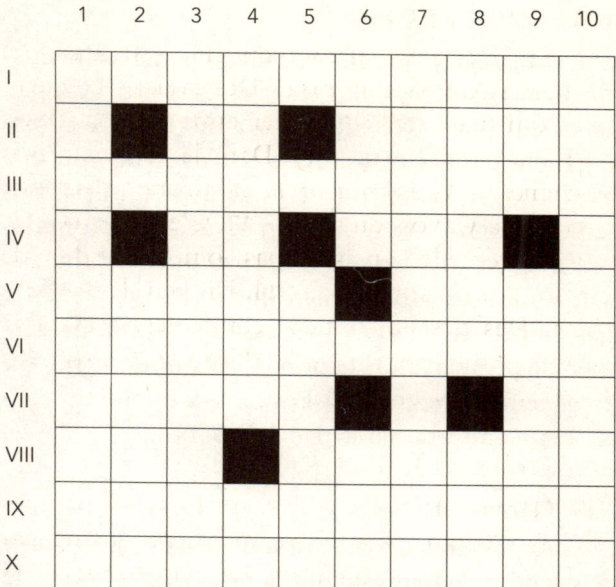

89

HORIZONTALEMENT

I. Malais et Javanais. – II. De naissance. – III. Romains. Un seul d'entre eux est gros. Un peu de calcul. – IV. Quartier de Manhattan. De droite à gauche : une explosion de rire avec Ben ou une explosion tout court avec Eugène. – V. A partiellement donné son nom à un stade. Pris en main. – VI. Prise de force. Capitale après Bahia. – VII. Voilà qui prouve bien que sa virginité ne l'a pas empêchée de s'envoyer en l'air ! – VIII. Le dernier des Anglais. Direction. Consonnes. – IX. Un fragment d'incunable. Petite à Copenhague. – X. Leur valse ne plaît pas à Delors.

VERTICALEMENT

1. Avec elle on n'a vraiment pas des bons rapports. – 2. Manifeste un goût exagéré pour le rétro. – 3. Ce serait nettoyer s'il y avait danger. Donnai un appui. – 4. Sont retournées dans Trafalgar. Pas nécessairement ondulée, mais sûrement renversée. – 5. Buveur tardif. Pronom inversé. Participe. – 6. Fait du propre. – 7. Pas folle, mais pour les Romains ! Dommage. – 8. Article d'importation. Il n'y a que le troisième qui aurait pu trouver cela mignon ! Conjonction. – 9. Trompe. – 10. Ne sont plus d'une pièce.

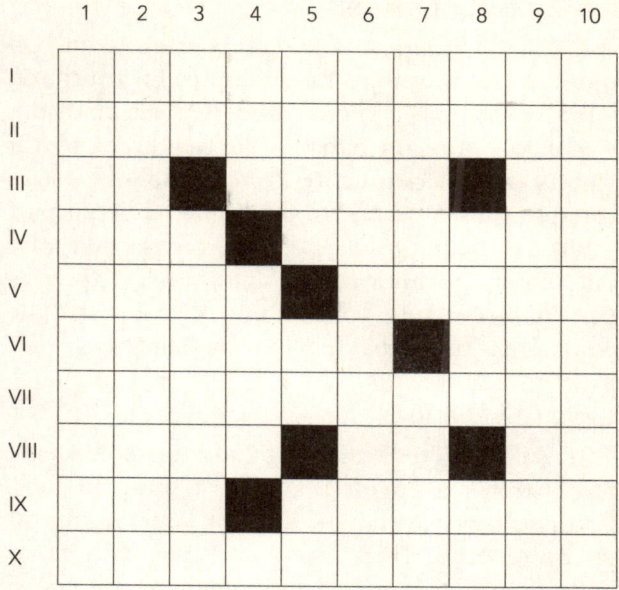

HORIZONTALEMENT

I. Ça se discute… – II. Pas continu. – III. Un quart de la douzaine. En acompte. En tournant. – IV. Ne sont pas comme l'alouette de la chanson. – V. C'est faire un baba. – VI. Rendirent plutôt vaseux. – VII. Conjonction. Une république socialiste pour les Américains. Rodrigue ne l'était pas. – VIII. Un matelot dans cet état, on peut en faire une matelote ! Elles équivalent à celle d'après. – IX. Qualifiait une conduite. – X. Elles sont le contraire d'un héros de Knut Hansum.

VERTICALEMENT

1. Ça peut être très bon, mais mieux vaut ne pas chercher à l'avoir à l'œil. – 2. Joue au foot. Chaussée de travers… – 3. C'est la seule qui ait un autre nom. Ferrer, par exemple. Parties de lotos. – 4. Est-ce parce qu'ils mènent une vie si enterrée qu'ils pratiquent la mise en bière ? – 5. Fera fi d'un ordre. – 6. Suivrais la double injonction de Roger Nicolas. – 7. C'est faire disparaître. Un peu de vermeil. – 8. N'a pas besoin d'avoir le bac. Toujours pauvre de bas en haut. En quête. – 9. Rude. Désolé. – 10. Ou bien il est facile de les émouvoir ou bien on ne peut pas les toucher.

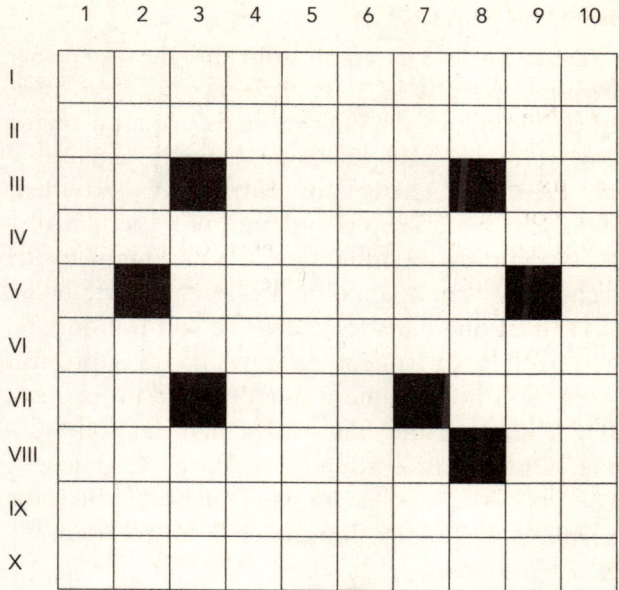

91

HORIZONTALEMENT

I. Les tartes à la crème sont une de ses spécialités favorites. – II. S'est arrêté, paraît-il, à quelques kilomètres de Salerne, mais a quand même envoyé un messager à Rome. Dans la papauté. – III. Peut caractériser un centre, mais rarement dans le centre. Trop populaire pour Cléopâtre. – IV. A fait de la montagne. – V. Fragment de Tchekhov. Dans un conte à rebours. Porte-balle. – VI. Bien que dans les rades elle soit toujours en eau trouble, ça ne l'empêche pas d'être appréciée. – VII. Son homonyme a fait l'objet d'un propos. Il y a un Jean qui fait ça. Un peu de Volnay. – VIII. Ont de quoi attendre le futur. Conteuse à enfants. – IX. Avec accompagnement de bois dans certaines chansons. Fragile chez un bouillant. – X. Exprimèrent.

VERTICALEMENT

1. Unique tenue de sortie d'un capitaine misanthrope d'origine indienne. – 2. On connaît surtout celui qui a un nom de moine anglais. – 3. Sont nécessairement partants. – 4. Ne sont pas admis. Ont perdu le nord. – 5. En Alsace. Morceau de corde. – 6. S'oppose au provocateur. – 7. Possessif inversé. Consonnes. Vient d'arriver et de partir. – 8. Une qualité qui n'est répandue – si l'on peut

dire – que chez certain oiseau. Espagnol comme ça, mais gaulois quand on le double. – 9. Normal qu'on l'ait dans le dos, mais pas dans le pied. Un esclave fut bien inspiré d'en soulager un de la précédente. – 10. Perdent leur temps, sauf s'il s'agit de sans-culottes avec des aristos...

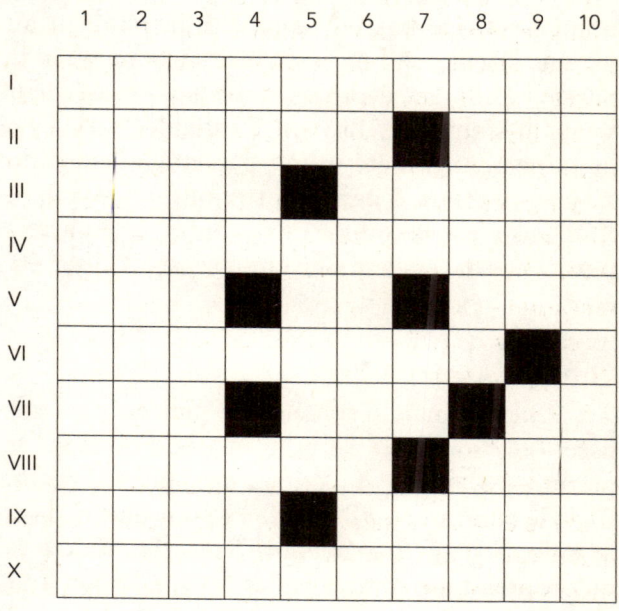

HORIZONTALEMENT

I. A toujours tort. – II. Pourquoi pas marmotte pendant qu'on y est ? A cessé d'affirmer. – III. Attire ses clients avec une carotte. – IV. Il y en a un qui est resté baba ! Ou bien c'est long ou bien c'est rien. – V. Est-ce que ça leur a évité d'en prendre une ? – VI. De bas en haut. Va du hameau au village. Vieille chose. – VII. Un surnom pour la Sûreté. – VIII. Ses députés auraient dû passer leur temps à s'abstenir. Envoya au diable. – IX. N'a certainement pas été utilisé par la Madeleine. – X. Une manière d'agir pas toujours agréable. – XI. Dans un sens comme dans l'autre, ça a parfois plusieurs sens et c'est souvent insensé. A donc été écrit.

VERTICALEMENT

1. Une monnaie d'échange de plus en plus utilisée. – 2. Son idole ne pouvait que finir dans le pétrin. – 3. Arme du crime, rue Saint-Vincent. C'est le contraire qu'il faut faire pour mettre dans le mille. – 4. Lettre grecque. Sans elle, qu'est-ce qu'on prendrait comme pelles ! – 5. Chaque jour après jour. Bien longtemps avant l'express. – 6. Pulvérise. Pronom inversé. – 7. Des dés un peu trop secoués. Pas étonnant qu'il le soit, il est tellement désordre ! – 8. En pleine quiétude. Propre.

– 9. Devrait être le plat favori du proxénète. – 10. Phonétiquement : c'est à tort qu'on les associe à des toxicomanes. Fin de messe. Pour en finir avec Mitterrand. – 11. Un bout du Livre ou son auteur.

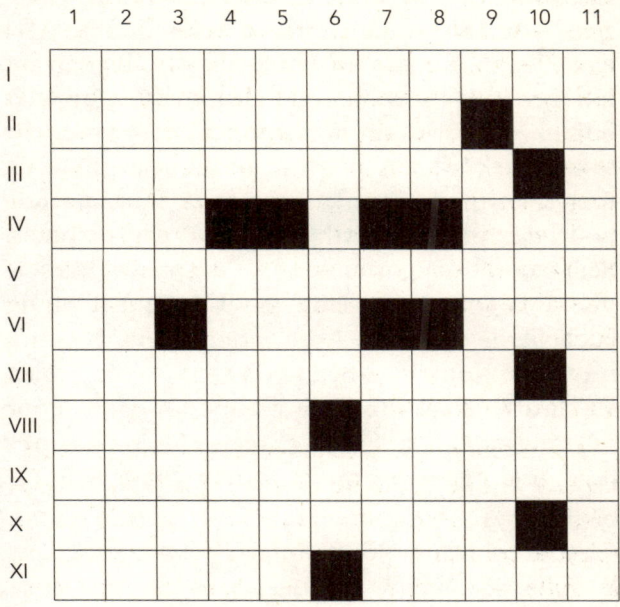

HORIZONTALEMENT

I. Ce n'est pas Jeanne d'Arc qui a voulu en bouter hors Langlois. – II. Rigaud l'a fait danser, mais il est plus populaire quand il est accordé. Beaucoup de leurs enfants ne le seront plus. Grecque. – III. Ne saurait être écossais. Monte à la cave. Ici, mais pas chez l'ivrogne. – IV. Bien avant le shetland. Son cheval aurait dû s'appeler « Crazy ». – V. Celui-là n'a pas été apprivoisé par saint François. Pas possible. – VI. Jean pour un jour, Wolfgang-Amadeus pour la nuit, Claude pour des prunes et Chester pour des pommes. Peut vous transporter sauf s'il s'appelle Jules. – VII. À l'époque, il n'était pas si fréquent qu'un bachelier le devienne. Abréviation. – VIII. C'est un travail de Romain. Voyait voir. – IX. Note. Court au théâtre. Faut-il qu'elle prenne un gadin pour se protéger ? – X. Est-ce parce qu'ils sont élevés dans une pépinière qu'ils restent toute leur vie rosiers ?

VERTICALEMENT

1. D'après ce qu'on sait des générales, devraient précéder les généraux. – 2. Est redevenue blanche. – 3. Tranche. – 4. À la fin de janvier. Ne pourra plus l'être s'il l'est trop. Début du sixième mot d'un hymne latin. – 5. C'est vouloir contenir

beaucoup. Symbole inversé. – 6. C'est peut-être lui qui parle mais ce n'est pas lui qui rit ! Nuit. – 7. Est devenu orangé après avoir été argentin. En bref, ce n'est pas parce qu'il n'est pas appelé qu'il est élu. – 8. Fit Dieu. Romains. – 9. Pressé s'il est primé. Bien en place. – 10. Ce n'est pas un bon jour pour naître. Son homme est docteur en médecine. – 11. De plus en plus banale… – 12. Sa fumée n'a rien de tabagique.

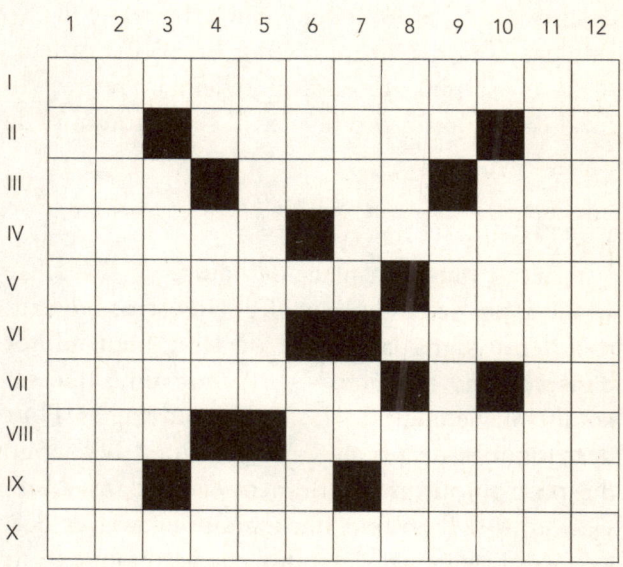

HORIZONTALEMENT

I. Aurait dû être le premier pays à avoir sa pile. – II. Conscientes. – III. Parties vers 1900. Un secret suivi d'un âne. – IV. Le commencement et la fin de toute littérature. – V. Ne veulent que noircir. Un numéro original pour les petits nègres. – VI. Certainement pas pour Lucifer, tout au plus pour Lucie Faure. Bon, vert, ou breton. – VII. Sur le calendrier. A perdu sa deuxième syllabe. – VIII. Ne sait pas compter jusqu'à cinq. En pleine ardeur. – IX. N'est plus un endroit tellement retiré. Au fond du couloir à droite. – X. Il s'agit toujours de les faire chanter.

VERTICALEMENT

1. Serait plus à sa place de l'autre côté. – 2. Ce serait assez drôle de l'appeler Thoustra. Ne saurait fleurir dans la bouche de Don Juan, plutôt dans celle de Sir John. – 3. Aurait aimé que ses enfants deviennent des hommes-sandwiches. Pour des hommes de plume. – 4. Grecque. Beaucoup d'espace autour, mais vraiment peu dedans. Abréviation. – 5. Il en faut plusieurs pour arriver dessus. – 6. Longtemps attendus par une bonne sœur et par un Condé. Romains. – 7. Fourbu à la chaîne ou rompu sur la roue. Signala qu'il voulait passer

ou qu'il était passé. – 8. Agoraphobe angoraphile. – 9. Rien à voir avec la pleine lune, plutôt avec la demi. – 10. Il y en a beaucoup d'appelés et presque autant de renvoyés !

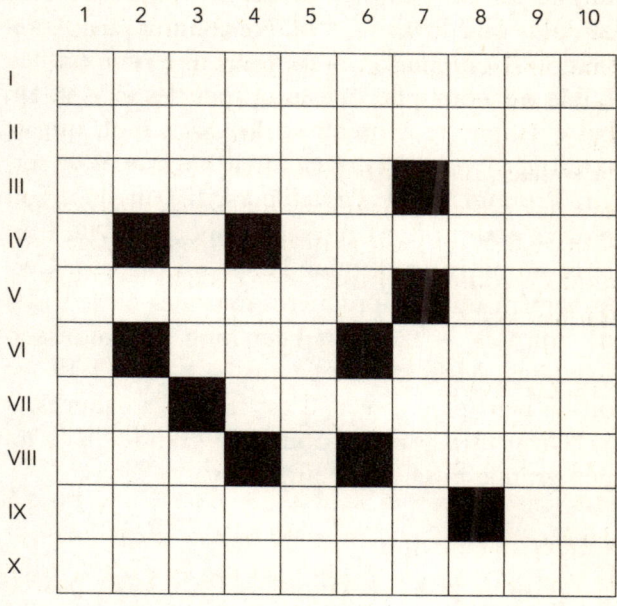

HORIZONTALEMENT

I. Ce n'est pas l'heure où les lions vont boire, c'est beaucoup plus tôt et beaucoup plus petit. – II. Fut rasée à peu près en même temps que celle qui plus tard la visita. – III. Ne conduit pas. Abréviation. Conjonction. – IV. Pour une rime un peu faible ou pour une poésie un peu leste. – V. Un bel exemple de Moreau vache. Sans nini, qui va la diriger ? – VI. Vieux chanteur. Servir pour servir. Pronom. – VII. Pas ailleurs. Il faut qu'il soit pauvre pour qu'on y retrouve le poète. – VIII. Peut faire un pli, surtout quand c'est un carreau. Certainement une des premières marques allemandes de voitures. – IX. S'est beaucoup fait mousser. Romains. Morceau de catgut. – X. Son tout est on ne peut plus direct. C'est faire des avances. – XI. Un peu trop petite pour être grande, mais un peu grande pour une petite.

VERTICALEMENT

1. Aurait pris une culotte s'il n'y avait pas eu les fuseaux. – 2. A beaucoup d'enfants. Pour le trouver, il faut le placer. – 3. Tout près pour la folle ou en Espagne. – 4. C'est pas du chiqué pour un grand tabac, mais c'est du tabac à chiquer. Tête d'épingle. Le songe en fait une tromperie. – 5. Suivent Danton. Ce n'est pas lui qui a sa rue à

Londres. – 6. En plein bonheur. Sombre ou sourd. À la fin de l'exorde. – 7. Pour un officier qui n'a rien de militaire. – 8. Ne va pas sans un certain retard. – 9. Symbole. Deux sur six. Romains. Consonne doublée. – 10. Préposition. On connaît surtout son diminutif mais de toute façon ce n'est pas beaucoup. – 11. À force de foncer on finit par lui tirer dessus.

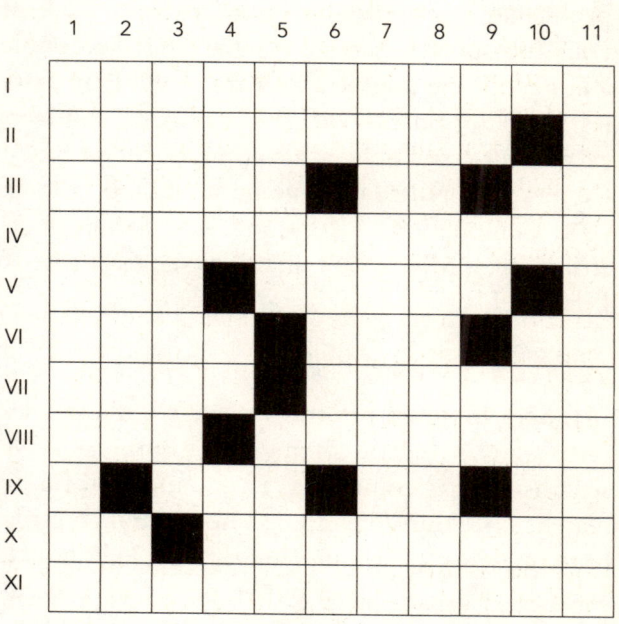

HORIZONTALEMENT

I. Crève salope. – II. L'Académie française ou, en moins noble, n'importe quelle autre poubelle. – III. N'ont rien d'une girouette. – IV. N'a pas été assassiné (pas encore…). Particulièrement indiqués pour les cheveux d'un blond frisant la calvitie. – V. Mis en terre. Devraient poser de sérieux problèmes à une amazone ambidextre. – VI. Peut vous transporter et peut vous arrêter. Se double à la Bastille. Se double à l'Opéra. – VII. Pour faire les présentations. – VIII. Il n'a plus de sommet, ça va peut-être l'obliger à s'appuyer sur sa base ! Ce n'est pas pour la sienne qu'un nabab la loue. – IX. Conjonction. A été traité. – X. Seront peut-être passées. Mieux vaut quand même mettre deux J devant !

VERTICALEMENT

1. Sera toujours réformé, même s'il n'a pas les pieds plats. – 2. Fait comme a fait Butor. – 3. Ne se consulte pas comme ça. Fin de mois ou fin de match. – 4. Pour défendre le I horizontal. C'est la lutte finale. – 5. C'est un clou ou c'est le bouquet. Sorti de rien. – 6. On a oublié qu'il y était question d'acier pour ne plus se souvenir que des fers. – 7. Qualifient d'ancestrales manœuvres ophi-

diennes. – 8. Traces. Du gui un peu secoué. – 9. Repassé à l'envers. S'ils rencontrent le III horizontal, ça risque de durer longtemps. – 10. N'ont donc pas encore été passées.

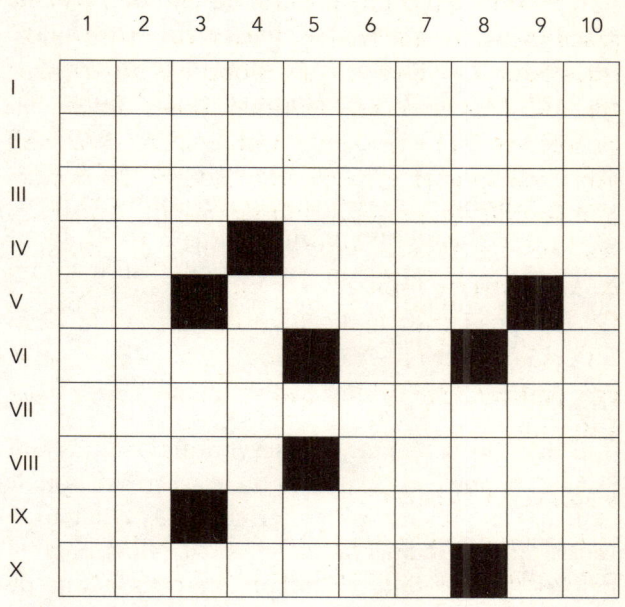

HORIZONTALEMENT

I. C'est un titre ! – II. Ce n'est pas comme ça qu'il a été associé à un maréchal d'Empire. – III. Subtilisa un peu trop. C'est un début. – IV. Une seule française est rousse. Était peut-être engagé ou enragé ? – V. Pronom. Peut être notable. – VI. Sifflent. Fait beaucoup plus résigné qu'en 45. – VII. Ce n'est pas parce qu'il entre dans un rocher que c'est une voie d'eau ! Ça fait 5 jambes. – VIII. Nuit, mais pas encore. John tue peut-être, mais beaucoup moins que ne le fit Douglas ! – IX. C'est vraiment par extension qu'on en fait un ruban ! – X. N'a pas besoin du précédent pour se faire.

VERTICALEMENT

1. Est observée sans observations. – 2. N'ont jamais été austères, mais à la fin, c'est très dépouillé et il n'y a presque plus d'effets. – 3. L'acteur y rentre quand le spectateur en sort. N'est plus en pelote. – 4. Il faut vraiment chercher avant de savoir qu'elle est devenue une petite crevette ! Monté. – 5. Est-ce qu'on peut dire qu'elle vit sous les combles ? Même pour un enfant prodigue, c'est un veau qui est retourné ! – 6. Connue par son homme. Participe. Possessif. – 7. Se met en quatre. Rallonge toujours et peut vous allonger !

– 8. A fini sur le pré. Partie en colo… Un peu de latin. – 9. Aurait été un très bon rôle pour Claudel aujourd'hui. Est-il myope ? – 10. N'ont jamais organisé de match de boxe !

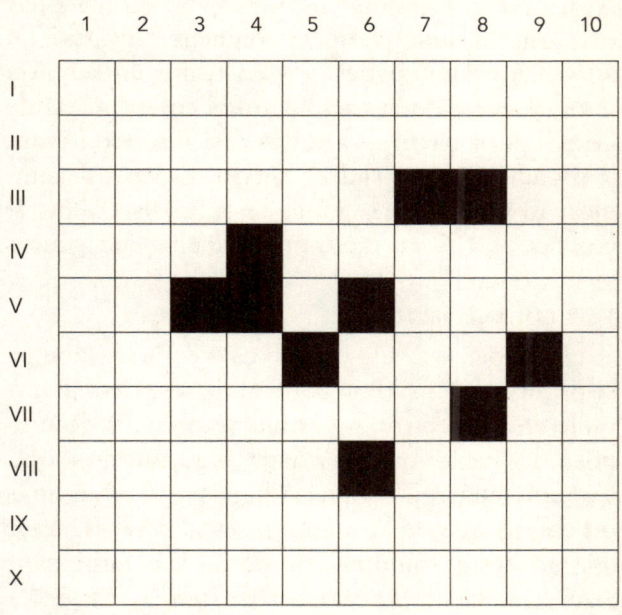

HORIZONTALEMENT

I. Celle-ci en est-elle vraiment une ? – II. Peut agir avec générosité ou avec parcimonie. – III. Il est mort. Chiffres romains ou prénom anglais. – IV. Ça remet toujours en forme. – V. Ça n'est pas un clair de lune ! Elles témoignent du passé ou auront à en témoigner. – VI. Ou il a un boy, ou il a une nurse pour s'occuper de l'enfant. C'est de là qu'il faut partir. – VII. Possessif inversé. Avant le pseudo. Sort du cadre... – VIII. Espèces de simples. Romains. – IX. C'est se spécialiser dans le crochet. – X. Il en faudrait plusieurs pour gêner.

VERTICALEMENT

1. Coupe. – 2. Est-ce que ça s'écrit comme ça se prononce ? – 3. Il est content de ses effets. Fourmille en Angleterre. – 4. Lumineux, mais décomposé. Invite à voir plus haut. – 5. Vu en songe. Certainement pas donné à Judas. – 6. Plus près du cafard que de la mouche. – 7. Possessif. Avec ça, on reste toujours en deçà. Un serin sans voix... – 8. Le fut par un Castor. Grecque. – 9. Ne sévit pas qu'au Portugal... Casa le rendra vraiment pantouflard ! – 10. C'est Mollet qui aurait dû se demander si le contingent l'était vraiment !

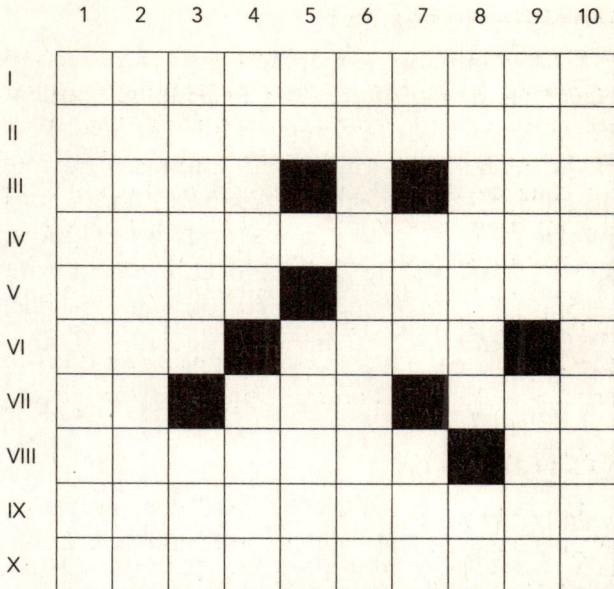

HORIZONTALEMENT

I. Un champion de marche à pied et, beaucoup plus tard, de natation. – II. Fait le gong. Soutient gorge... – III. On la déteste si elle est bête. Participe inversé. – IV. Une grande chinoise de droite à gauche. – V. Collègue de Léopold Bloom mais pas de Gabriel. – VI. Ce n'est pas un pékinois. Il est chassé par le précédent et il en est tout retourné. – VII. Donne un petit caractère penché. Trois points. – VIII. Invalide de jadis. Transporté ou égaré. – IX. Dans l'ombre. Un désert où l'on perd le sens de l'orientation. – X. Elle couche...

VERTICALEMENT

1. C'est la version chinoise du brain-trust. – 2. Trois sur cinq. S'oppose au cantonais... – 3. Ont en Chine quelque chose d'extrême... – 4. Fanfaron avec son tarin. On connaît surtout la marque standard... Une paire de lunettes. – 5. Sa terre n'appartient pas vraiment aux jaunes. Deux blanches et une noire. – 6. Préposition. Traverse en remontant. – 7. Canton beaucoup moins peuplé que Canton. Méfiez-vous de sa mine, surtout dans ce sens-là ! – 8. Part de Rome et va jusqu'en Chine. – 9. Au fin fond de la Chine. C'est lui qui parle mais ce n'est pas lui qui rit ! Avec lui

on n'a pas à se demander « toubib or not toubib ? ». – 10. Évoque moins l'ennemi juré des Trois Mousquetaires que celui de la bande des Quatre.

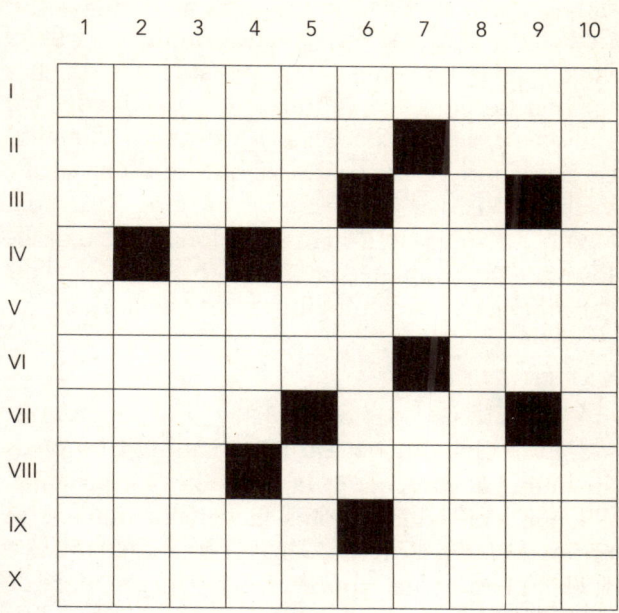

100

HORIZONTALEMENT

I. N'est pas du tout en amont de Québec. – II. Ce n'est jamais une occasion. Fait sourire, mais dans un miroir. – III. Un morceau de Pontiac. Difficile de le garder si on le prend comme ça. Mieux vaut ne pas être sans. – IV. Ne sort pas de chez un bon faiseur. – V. À tous bouts de champ. Est toujours cru. – VI. S'adresse à Margaret. Une moitié de député. C'est tout le contraire d'une vieille vache. – VII. Au Québec c'est un mot de saison. – VIII. La suivante à l'envers. Note. Au cœur de l'Etna. – IX. Souhaitée par le Québec. – X. Ne l'est certainement pas géologiquement parlant.

VERTICALEMENT

1. Ne précède pas du tout un juron québécois. – 2. Était épuisée. – 3. Un Harry qui fait les pieds au mur. La huitième et la septième. En principe. – 4. On s'en taillait moins facilement qu'il ne se taille. Avalé à l'oreille. Un ancêtre des émirs. – 5. Une manière de rapporter. – 6. Une manière de refaire des divisions. Le quarantième n'est jamais très respecté. – 7. Ne se prend qu'en poudre. – 8. Participe. Possessif. Deux sur cinq. – 9. Retourné. Au nord-est et au sud de Moscou. – 10. Peut quand même tenir chaud à un Québécois.

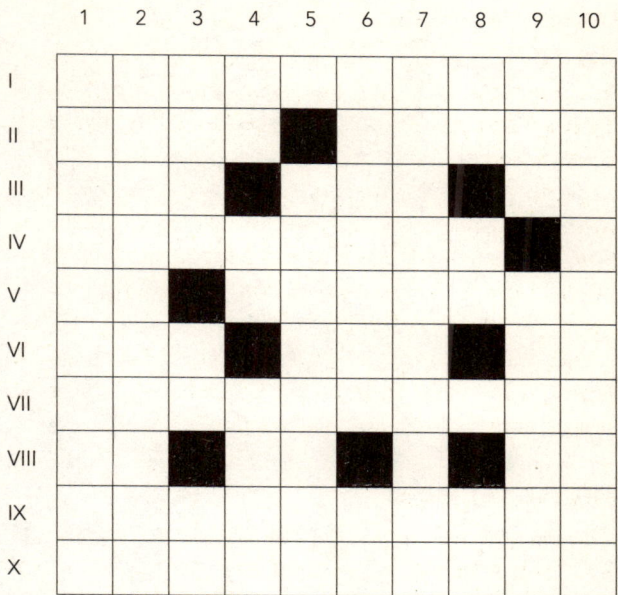

Solutions

N° 1
Horizontalement
I. BARBE A PAPA. — II. ETEIGNOIRS. — III. ATTRISTEES. — IV. TERADES. DI. — V. INAGES. SES. — VI. FUCUS. PEST. — VII. IATE. MATTA. — VIII. ENI. OURSIN. — IX. ETONNEMENT. — X. SENSITIVES.

Verticalement
1. BEATIFIEES. — 2. ATTENUANTE. — 3. RETRACTION. — 4. BIRAGUE. NS. — 5. EGIDES. ONI. — 6. ANSES. MUET. — 7. POTS. PARMI. — 8. AIE. SETSEV. — 9. PREDESTINE. — 10. ASSISTANTS.

N° 2
Horizontalement
I. CARMAGNOLE. — II. EPUISETTES. — III. NEGLIGEANT. — IV. TRILLE. — V. ECS. ENFILA. — VI. NESB. ETEOP. — VII. AVALA. SUA. — VIII. IONESCO. BS. — IX. RITUALISES. — X. EREINTANTE.

N° 3
Horizontalement
I. SPERMACETI. — II. ORPHELINAT. — III. ROUENNERIE. — IV. BUR. AE. AER. — V. EVANGELISA. — VI. TATEE. EE. — VII. IBIDEM. SAI. — VIII. ELOI. OB. UV. — IX. RENTOILAGE. — X. ESSARTAGES.

Verticalement
1. SORBETIERE. — 2. PROUVABLES. — 3. EPURATIONS. — 4. RHE. N'EDITA. — 5. MENAGEE. OR. — 6. ALNEE. MOIT. — 7. CIE. LE. BLA. — 8. ENRAIES. AG. — 9. TAIES. AUGE. — 10. ITERATIVES.

Verticalement
1. CENTENAIRE. — 2. APERCEVOIR. — 3. RUGISSANTE. — 4. MILL. BLEUI. — 5. ASILE. ASAN. — 6. GEGENE. CLT. — 7. NTE. FT. OIA. — 8. OTARIES. SN. — 9. LEN. LOUBET. — 10. ESTRAPASSE.

N° 4
Horizontalement
I. NOURRITURE. – II. APRES-DINER. – III. PETITEMENT. – IV. ORIN. MOTOS. – V. LACET. NEUI. – VI. ITATAP. REG. – VII. TRITIUM. EE. – VIII. AIRELLES. – IX. ICE. LYCEEN. – X. NESSELRODE.

Verticalement
1. NAPOLITAIN. – 2. OPERATRICE. – 3. URTICAIRES. – 4. REINETTE. – 5. RST. TAILLE. – 6. IDEM. PULYL. – 7. TIMON. MECR. – 8. UNETER. SEO. – 9. RENOUEE. ED. – 10. ERTSIGERNE.

N° 5
Horizontalement
I. MATHUSALEM. – II. ECHANCRURE. – III. SCRUTATEUR. – IV. CRATERE. BC. – V. HEC. LISSEE. – VI. ADET. FIESR. – VII. CI. AMIE. CI. – VIII. ETOLIENNES. – IX. BERMA. NINE. – X. ESCAMPETTE.

Verticalement
1. MESCHACEBE. – 2. ACCREDITES. – 3. THRACE. ORC. – 4. HAUT. TALMA. – 5. UNTEL. MIAM. – 6. SCARIFIE. – 7. ARTESIENNE. – 8. LUE. SE. NIT. – 9. ERUBESCENT. – 10. MERCERISEE.

N° 6
Horizontalement
I. CHEMIN DE FER. – II. HERESIARQUE. – III. APERO. LE. GP. – IV. UTI. CAO. FEA. – V. FABULATIONS. – VI. FG. TIRS. RIS. – VII. EOCENE. LESE. – VIII. UNIJAMBISTE. – IX. RECOLLETTES.

Verticalement
1. CHAUFFEUR. – 2. HEPTAGONE. – 3. EREIB. CIC. – 4. MER. UTEJO. – 5. ISOCLINAL. – 6. NI. AAREML. – 7. DALOTS. BE. – 8. ERE. LIT. – 9. FQ. FOREST. – 10. EUGENISTE. – 11. REPASSEES.

N° 7
Horizontalement
I. GRATTE-CIEL. – II. REFRIGEREE. – III. AFFALE. – IV. NEANT. SPOT. – V. DRIS. BO. FI. – VI. DERIVATIFS. – VII. UNE. IU. REQ. – VIII. CD. SECOURU. – IX. HUMILIANTE. – X. EMPRESSEES.

Verticalement
1. GRAND-DUCHE. – 2. REFERENDUM. – 3. AFFAIRE. MP. – 4. TRANSI. SIR. – 5. TILT. VIELE. – 6. EGE. BAUCIS. – 7. CE. SOT. OAS. – 8. IRAP. IRUNE. – 9. EE. OFFERTE. – 10. LENTISQUES.

N° 8
Horizontalement
I. SAINT-GENET. – II. INDURA. ICR. – III. MAE. AGATHE. – IV. ITALIENNES. – V. LOLITA. ALC. – VI. IMITENT. OH. – VII. CIS. ETONNE. – VIII. USEES. MENU. – IX. ITEM. LEVER. – X. RESSASSEES.

Verticalement
1. SIMILICUIR. — 2. ANATOMISTE. — 3. IDEALISEES. — 4. NU. LIT. EMS. — 5. TRAITEES. — 6. GAGEANT. LS. — 7. AN. TOMES. — 8. NITNA. NEVE. — 9. ECHELONNEE. — 10. TRESCHEURS.

N° 9
Horizontalement
I. SCENARISTE. — II. TAXIMETRES. — III. ARABISANTS. — IV. LAC. NO. CRU. — V. ACTUELS. AY. — VI. CTE. SUAMME. — VII. TEME. EPIEU. — VIII. IREME. NTS. — IX. TENANCIERE. — X. ESTROPIEES.

Verticalement
1. STALACTITE. — 2. CARACTERES. — 3. EXACTEMENT. — 4. NIB. EMAR. — 5. AMINES. ENO. — 6. RESOLUE. CP. — 7. ITA. SAP. II. — 8. SRNC. MINEE. — 9. TETRAMETRE. — 10. ESSUYEUSES.

N° 10
Horizontalement
I. PERISCOPES. — II. EXEMPLAIRE. — III. TAMBOUR. IN. — IV. ASPERSIONS. — V. UPO. TEST. — VI. DERF. STRIE. — VII. IRTEP. YARL. — VIII. EEE. MESNIL. — IX. REELLE. TSE. — X. ESSOUCHEES.

Verticalement
1. PETAUDIERE. — 2. EXASPEREES. — 3. REMPORTEES. — 4. IMBE. FE. LO. — 5. SPORT. PMLU. — 6. CLUSES. EEC. — 7. OARISTYS. — 8. PI. OTRANTE. — 9. ERIN. IRISE. — 10. SENSUELLES.

N° 11
Horizontalement
I. PETITE MAIN. — II. ALABANDINE. — III. NEPOMU. NFU. — IV. TCO. REAS. — V. ATTROUPENT. — VI. GREANTE. TR. — VII. RIS. NE. LEI. — VIII. UF. DE. AIRE. — IX. EISENSTEIN. — X. LEGITIMEES.

Verticalement
1. PANTAGRUEL. — 2. ELECTRIFIE. — 3. TAPOTES. SG. — 4. IBO. RA. DEI. — 5. TAMPONNENT. — 6. ENU. UTE. SI. — 7. MD. RPE. ATM. — 8. AINEE. LIEE. — 9. INFANTERIE. — 10. NEUSTRIENS.

N° 12
Horizontalement
I. PAPERASSES. — II. ANIMALIERE. — III. IC. SPA. REC. — IV. LIE. PRATIE. — V. LENDEMAINS. — VI. ANGELE. STS. — VII. SNOB. ESSAI. — VIII. SERIE. RENO. — IX. OTALGIE. TN. — X. NECESSITES.

Verticalement
1. PAILLASSON. — 2. ANCIENNETE. — 3. PI. ENGORAC. — 4. EMS. DEBILE. — 5. RAPPEL. EGS. — 6. ALARMEE. IS. — 7. SI. AA. SREI. — 8. SERTISSE. — 9. EREINTANTE. — 10. SECESSIONS.

N° 13
Horizontalement
I. COUVRE-CHEF. – II. INTRODUITE. – III. MIRABELLES. – IV. ERIC. NTEIT. – V. TOC. ETE. GO. – VI. ELUDEE. MNN. – VII. ROLLS. SIEN. – VIII. RGE. STATUE. – IX. EIUOA. RASE. – X. SEXOLOGUES.
Verticalement
1. CIMETERRES. – 2. ONIROLOGIE. – 3. UTRICULEUX. – 4. VRAC. DL. OO. – 5. ROB. EESSAL. – 6. EDENTE. – 7. CULTE. SARG. – 8. HILE. MITAU. – 9. ETEIGNEUSE. – 10. FESTONNEES.

N° 14
Horizontalement
I. DORIAN GRAY. – II. ASPIDISTRA. – III. RCE. TRAC. – IV. JANGADA. BH. – V. ERU. GRANIT. – VI. EW. REID. SW. – VII. LIUERB. DEO. – VIII. ILOT. BRE. – IX. ND. RELACHA. – X. GENOVEFAIN.
Verticalement
1. DARJEELING. – 2. OSCAR WILDE. – 3. RPENU. UO. – 4. II. RETRO. – 5. ADRAGER. EV. – 6. NI. DRIBBLE. – 7. GSTAAD. RAF. – 8. RTR. DECA. – 9. ARABISE. HI. – 10. YACHT WOMAN.

N° 15
Horizontalement
I. TOUR DE PISE. – II. EBRUITER. – III. RT. ALESANT. – IV. RUMBA. ADER. – V. ERA. TRIERA. – VI. DAGUES. SOV. – VII. ETHEREE. NE. – VIII. FERRANTS. – IX. EUES. ELIOT. – X. URBI ET ORBI.
Verticalement
1. TERRE DE FEU. – 2. OBTURATEUR. – 3. UR. MAGHREB. – 4. RUAB. UERSI. – 5. DILATERA. – 6. ETE. RSENET. – 7. PESAI. ETLO. – 8. IRADES. SIR. – 9. NERON. OB. – 10. EXTRAVERTI.

N° 16
Horizontalement
I. TABLE RONDE. – II. AGREGATION. – III. BOUMERANGS. – IV. UNT. REI. ME. – V. LIAS. SESAV. – VI. ASLAB. NOTE. – VII. RAIFORT. IL. – VIII. ANTARA. OSI. – IX. STEREOBATE. – X. ASSIETTES.
Verticalement
1. TABULA RASA. – 2. AGONISANTS. – 3. BRUTALITES. – 4. LEM. SAFARI. – 5. EGER. BOREE. – 6. RARES. RAOT. – 7. OTAIENT. BT. – 8. NIN. SO. OAE. – 9. DOGMATISTE. – 10. ENSEVELIES.

N° 17
Horizontalement
I. CLASSEMENT. – II. HIVERNANTE. – III. ABASOURDIR. – IV. TETE DE MORT. – V. ERAN. JURAI. – VI. LARES. LM. – VII. AT. GOE. AMI. – VIII. III. USINER. – IX. NORD. AUTRE. – X. ENAMOUREES.

Verticalement
1. CHATELAINE. — 2. LIBERATION. — 3. AVATAR. IRA. — 4. SESENEG. DM. — 5. SROD. SOU. — 6. ENUEJ. ESAU. — 7. MARMUL. IUR. — 8. ENDORMANTE. — 9. NTIRA. MERE. — 10. TERTIAIRES.

N° 18
Horizontalement
I. CHAT PERCHE. — II. HONORARIAT. — III. AMENER. ECT. — IV. MERAF. ALHE. — V. BOILEAU. IN. — VI. EPEIRE. NSI. — VII. RASTA. MICR. — VIII. TT. EBRECHA. — IX. IHP. LA. HIL. — X. NEGRE-BLANC.

Verticalement
1. CHAMBERTIN. — 2. HOMEOPATHE. — 3. ANERIES. PG. — 4. TONALITE. — 5. PREFERABLE. — 6. EAR. AE. RAB. — 7. RR. AU. ME. — 8. CIEL. NICHA. — 9. HACHISCHIN. — 10. ETTENIRALC.

N° 19
Horizontalement
I. CLOPINETTE. — II. HABITATION. — III. ABSENT. NUT. — IV. NOCT. THORA. — V. DRUIDES. NI. — VI. EIRNU. ETAL. — VII. LESEES. RIL. — VIII. IU. ECOLE. — ESC/PADRILLE. — X. REVISABLES.

Verticalement
1. CHANDELIER. — 2. LABORIEUSE. — 3. OBSCURS. C/PV. — 4. PIETINERAI. — 5. ITN. DUE. DS. — 6. NATTE. SERA. — 7. ET. HSE. CIB. — 8. TINO. TROLL. — 9. TOURNAILLE. — 10. ENTAILLEES.

N° 20
Horizontalement
I. MACHIN TRUC. — II. ECLABOUSSE. — III. CIAL. US. US. — IV. ACIERS. CRS. — V. NUREM. ERPA. — VI. ILOS. RTOAT. — VII. CAN. AO. UTI. — VIII. II. OLYMPIO. — IX. ERUCTATION. — X. NEWTONIENS.

Verticalement
1. MECANICIEN. — 2. ACICULAIRE. — 3. CLAIRON. UW. — 4. HALEES. OCT. — 5. IB. RM. ALTO. — 6. NOUS. ROYAN. — 7. TUS. ET. MTI. — 8. RS. CROUPIE. — 9. USURPATION. — 10. CESSATIONS.

N° 21
Horizontalement
I. STETHOSCOPE. — II. PARISIENNES. — III. AUGE. SMI. NS. — IV. GROSSIERETE. — V. HIT. EVE. TAU. — VI. ELAGUE. BREL. — VII. TLNEI. ERODE. — VIII. TOTALITAIRE. — IX. INSISTANTES.

Verticalement
1. SPAGHETTI. — 2. TAURILLON. — 3. ERGOTANTS. — 4. TIES. GEAI. — 5. HS. SEUILS. — 6. OISIVE. IT. — 7. SEMEE. ETA. — 8. CNIR. BRAN. — 9. ON. ETROIT. — 10. PENTAEDRE. — 11. ESSEULEES.

N° 22

Horizontalement
I. BOURGEOISE. – II. EMPOURPRES. – III. AB. CI. ARCS. – IV. URS. SALIRA. – V. JAUNE. ITEY. – VI. OGNI. SNETI. – VII. LEI. FO. ERS. – VIII. AUSTERE. IT. – IX. ISOLATRICE. – X. SECULIERES.

Verticalement
1. BEAUJOLAIS. – 2. OMBRAGEUSE. – 3. UP. SUNISOC. – 4. ROC. NI. TLU. – 5. GUISE. FEAL. – 6. ER. SORTI. – 7. OPALIN. ERE. – 8. IRRITEE. IR. – 9. SECRETRICE. – 10. ESSAYISTES.

N° 23

Horizontalement
I. BERTILLON. – II. OCEANIE. – III. ROF. CONNU. – IV. DUOS. NIOF. – V. ETUDES. MR. – VI. RELEC. RBA. – VII. EUA. REERG. – VIII. ARIMATHIE. – IX. USTENSILE.

Verticalement
1. BORDEREAU. – 2. ECOUTEURS. – 3. REFOULAIT. – 4. TA. SDE. ME. – 5. INC. ECRAN. – 6. LIONS. ETS. – 7. LENI. REHI. – 8. NOMBRIL. – 9. NAUFRAGEE.

N° 24

Horizontalement
I. POIREAUTER. – II. OMBILICALE. – III. UNICOLORES. – IV. LI. EDE. ECP. – V. ECLAIRANTE. – VI. AOO. EONTRC. – VII. ULUS. NIAIT. – VIII. POETES. ISI. – IX. ORUOD. ASEV. – X. TERMITIERE.

Verticalement
1. POULE AU POT. – 2. OMNICOLORE. – 3. IBI. LOUEUR. – 4. RICEA. STOM. – 5. ELODIE. EDI. – 6. AILERONS. – 7. UCO. ANI. AI. – 8. TARENTAISE. – 9. ELECTRISER. – 10. RESPECTIVE.

N° 25

Horizontalement
I. BOURGUIGNON. – II. ABSENTEISME. – III. IE. NORAB. BG. – IV. NIVOSE. RUER. – V. MS. UE. PARLE. – VI. ASAV. MIL. LS. – VII. RADEAU. TOUS. – VIII. INFATIGABLE. – IX. ETOURDERIES.

Verticalement
1. BAIN-MARIE. – 2. OBEISSANT. – 3. US. ADFO. – 4. RENOUVEAU. – 5. GNOSE. ATR. – 6. UTRE. MUID. – 7. IEA. PI. GE. – 8. GIBRALTAR. – 9. NS. UR. OBI. – 10. OMBELLULE. – 11. NEGRESSES.

N° 26

Horizontalement
I. TRENTE ET UN. – II. RAVAUDEUSE. – III. ONEREUSE. – IV. UT. REGIMBA. – V. VADE. AMOUR. – VI. ANISA. EURI. – VII. IPV. MURCIE. – VIII. LLIVIA. HNT. – IX. LANDERNEAU. – X. ENEE. GESIR.

Verticalement
1. TROUVAILLE. — 2. RANTANPLAN. — 3. EVE. DIVINE. — 4. NARRES. VDE. — 5. TUEE. AMIE. — 6. EDUGA. UARG. — 7. EESIMER. NE. — 8. TUEMOUCHES. — 9. US. BURINAI. — 10. NE VARIETUR.

N° 27
Horizontalement
I. EMORDNILAP. — II. CONTRESENS. — III. ENTRELARDA. — IV. RTO. SERBAL. — V. VE. ESUD. LT. — VI. EPOSE. POE. — VII. LECOUVREUR. — VIII. ENE. REUSSI. — IX. ETAT. LELIO. — X. SENATORIEN.

Verticalement
1. ECERVELEES. — 2. MONTEPENTE. — 3. ONTO. OCEAN. — 4. RTR. ESO. TA. — 5. DRESSEUR. — 6. NELEU. VELO. — 7. ISARD. RUER. — 8. LERB. PESLI. — 9. ANDALOUSIE. — 10. PSALTERION.

N° 28
Horizontalement
I. GUTTA-PERCHA. — II. UNIEME. IRES. — III. TITRONS. ILS. — IV. EVARISTE. LA. — V. NENE. ARGUES. — VI. BRISA. ORENS. — VII. ESQ. GL. IIII. — VIII. REUNIONS. SN. — IX. GLENOIDALES.

Verticalement
1. GUTENBERG. — 2. UNIVERSEL. — 3. TITANIQUE. — 4. TERRES. NN. — 5. AMOI. AGIO. — 6. PENSA. LOI. — 7. STRO. ND. — 8. RI. EGRISA. — 9. CRI. UEI. — 10. HELLENISE. — 11. ASSASSINS.

N° 29
Horizontalement
I. MISERABLES. — II. ORYCTEROPE. — III. NAMO. SELIM. — IV. TSEUM. MATA. — V. EC. TOLE. HI. — VI. NIBELUNGEN. — VII. EBR. DI. ALI. — VIII. GLUCOSERIE. — IX. RENOVATEUR. — X. OSSIANISME.

Verticalement
1. MONTENEGRO. — 2. IRASCIBLES. — 3. SYME. BRUNS. — 4. ECOUTE. COI. — 5. RT. MOLDOVA. — 6. AES. LUISAN. — 7. BREMEN. ETI. — 8. LOLA. GARES. — 9. EPITHELIUM. — 10. SEMAINIERE.

N° 30
Horizontalement
I. MACKINTOSH. — II. ENTRECOUPE. — III. STRAPONTIN. — IV. SE. KE. EIRR. — V. ACCENT. LOI. — VI. GEAN. RELIB. — VII. EDR. PELADE. — VIII. RESEAU. GAY. — IX. EN. BRINELL. — X. STERILISEE.

Verticalement
1. MESSAGERES. — 2. ANTECEDENT. — 3. CTR. CARS. — 4. KRAKEN. EBR. — 5. IEPEN. PARI. — 6. NCO. TREUIL. — 7. TONE. EL. NI. — 8. OUTILLAGES. — 9. SPIROIDALE. — 10. HENRI BEYLE.

N° 31
Horizontalement
I. APPARITION. — II. BARBARISME. — III. CROATE. MEU. — IV. DESTITUENT. — V. ENETB. NN. — VI. FT. UOG. IRA. — VII. IRREEL. — VIII. HAUSSEE. VI. — IX. INSPECTEES. — X. JANISSAIRE.
Verticalement
1. ABCDEFGHIJ. — 2. PARENT. ANA. — 3. PROSE. OUSN. — 4. ABATTU. SPI. — 5. RATIBOISES. — 6. IRET. GRECS. — 7. TI. UN. RETA. — 8. ISMENIE. EI. — 9. OMEN. REVER. — 10. NEUTRALISE.

N° 32
Horizontalement
I. PENSIONNAT. — II. ORIGINAIRE. — III. REPARATEUR. — IV. TION. SUC. — V. DNLAG. REVA. — VI. ETA. ARE. IS. — VII. BAGATELLES. — VIII. ON. IA. LESE. — IX. UTILISES. — X. CEGETISTES.
Verticalement
1. PORT-DE-BOUC. — 2. EREINTANTE. — 3. NIPOLAG. IG. — 4. SGANA. AILE. — 5. IIR. GATAIT. — 6. ONAS. RE. SI. — 7. NATURELLES. — 8. NIECE. LEST. — 9. ARU. VIES. — 10. TERRASSEES.

N° 33
Horizontalement
I. DESIDERATA. — II. IMPERIALES. — III. SOI. UNIONS. — IV. CURA. REIDE. — V. IVOIRES. RR. — VI. PAULET. LEM. — VII. LN. LG. MIME. — VIII. ITUOGA. MEN. — IX. NEGLIGEANT. — X. ESPIONNITE.
Verticalement
1. DISCIPLINE. — 2. EMOUVANTES. — 3. SPIROU. UGP. — 4. IE. AILLOLI. — 5. DRU. REGGIO. — 6. EINRET. AGN. — 7. RAIES. EN. — 8. ALOI. LIMAI. — 9. TENDREMENT. — 10. ASSERMENTE.

N° 34
Horizontalement
I. AGENT AGENT. — II. CARANDACHE. — III. CROCHETEUR. — IV. RITA. PER. — V. OGOL. TUVDE. — VI. CLM. SEREIN. — VII. HIATUS. LNE. — VIII. EANAD. PEAU. — IX. UNET. ELEIV. — X. ROSIERISTE.
Verticalement
1. ACCROCHEUR. — 2. GARIGLIANO. — 3. EROTOMANES. — 4. NACAL. TATI. — 5. TNH. SUD. — 6. ADEPTES. ER. — 7. GATEUR. PLI. — 8. ECERVELEES. — 9. NHU. DINAIT. — 10. TERRE-NEUVE.

N° 35
Horizontalement
I. AUSTERLITZ. — II. ENCHEVETRE. — III. RIRE. ODEON. — IV. OG. IL. AIUO. — V. NELSON. RIN. — VI. ANEMIEE. LD. — VII. VICESIMALE. — VIII. ATO. SE. BAL. — IX. LUCERNAIRE. — X. ESQUIMAUDE.

Verticalement
1. AERONAVALE. – 2. UNIGE-
NITUS. – 3. SCR. LECOCQ. –
4. THEISME. EU. – 5. EE.
LOISSRI. – 6. RVO. NEIENM. –
7. LEDA. EM. AA. – 8. ITEIR.
ABIU. – 9. TROUILLARD. –
10. ZENON D'ELEE.

N° 36
Horizontalement
I. FORTISSIMO. – II. IUE.
AMAP. – III. GRASDOUBLE. –
IV. UA. PORTIER. – V. RLE.
EBTA. – VI. AIGUILLAIT. –
VII. TEA. LEL. SO. – VIII. INSPI-
RERAI. – IX. FN. ETO. AAR. –
X. SECRETRICE.
Verticalement
1. FIGURATIFS. – 2. OURA-
LIENNE. – 3. REA. EGAS. –
4. SP. PER. – 5. INDOCILITE.
– 6. OR. LEROT. – 7. SAU-
TELLE. – 8. IMBIBA. RAI. –
9. MALET-ISAAC. – 10. OPE-
RATOIRE.

N° 37
Horizontalement
I. SIGNIFIANT. – II. ENRUBAN-
NEE. – III. NOOM. ETAIN. –
IV. TRUISME. GO. – V. IGIS.
ARMER. – VI. MALMO. DORI.
– VII. ENLAIDIRAS. – VIII. NIET.
ORE. – IX. TS. ETRANGE. –
X. SENSATIONS.
Verticalement
1. SENTIMENTS. – 2. INOR-
GANISE. – 3. GROUILLE. –
4. NUMISMATES. – 5. IB. OI.
TA. – 6. FAEMA. DORT. –
7. INTERDIRAI. – 8. ANA.
MORENO. – 9. NEIGERA. GN.
– 10. TENORISEES.

N° 38
Horizontalement
I. MONTE-CARLO. – II. ABER-
RATION. – III. RECURERENT. –
IV. CIRCE. INGO. – V. HSO.
URD. IG. – VI. ESPARCETTE. –
VII. PAST. SEUN. – VIII. INITIE.
RDE. – IX. ETE. NAINES. –
X. DESODORISE.
Verticalement
1. MARCHEPIED. – 2. OBEIS-
SANTE. – 3. NECROPSIES. –
4. TRUC. ATT. – 5. ERREUR.
IND. – 6. CAE. RC. EAO. –
7. ATRIDES. IR. – 8. RIEN.
TERNI. – 9. LONGITUDES. –
10. ONTOGENESE.

N° 39
Horizontalement
I. MADAGASCAR. – II. ACCEN-
TUERA. – III. TR. DATEURS. –
IV. EOLE. ERTIP. – V. LS. LN.
AVO. – VI. ATHLETE. AU. –
VII. SIROTERENT. – VIII. SCA-
FERLATI. – IX. EH. ERA. OEN.
– X. RELIGIEUSE.
Verticalement
1. MATELASSER. – 2. ACROS-
TICHE. – 3. DC. HRA. –
4. AEDE. LOFEI. – 5. GNA.
LETERG. – 6. ATTENTERAI. –
7. SUER. ERL. – 8. CEUTA.
EAOU. – 9. ARRIVANTES. –
10. RASPOUTINE.

N° 40

Horizontalement

I. IMPROVISTE. — II. MERE MICHEL. — III. PROMENOIRS. — IV. RIVETES. RA. — V. EDIT. TAVEL. — VI. SIN. ATERNV. — VII. SECALED. OA. — VIII. ININI. RAID. — IX. ONAN. NECRO. — X. NEL. CASIER.

Verticalement

1. IMPRESSION. — 2. MERIDIENNE. — 3. PROVINCIAL. — 4. REMET. ANN. — 5. OMET. ALI. — 6. VINETTE. NA. — 7. ICOSAEDRES. — 8. SHI. VR. ACI. — 9. TERRE-NOIRE. — 10. EL SALVADOR.

N° 41

Horizontalement

I. SUPERLATIF. — II. PERTUISANE. — III. ELIE. VERTU. — IV. CBA. PISTIL. — V. TT. ROC. EME. — VI. ANTAR. AMEM. — VII. CARF. ASPRE. — VIII. LF. FICTION. — IX. ENNUIERONT. — X. SENTIMENTS.

Verticalement

1. SPECTACLES. — 2. UELB TNAFNE. — 3. PRIA. TR. NN. — 4. ETE. RAFFUT. — 5. RU. POR. III. — 6. LIVIC. ACEM. — 7. ASES. ASTRE. — 8. TARTEMPION. — 9. INTIMERONT. — 10. FEULEMENTS.

N° 42

Horizontalement

I. PICKPOCKET. — II. RNO. ARAKNA. — III. OVNI. SN. DS. — IV. VIDE-POCHES. — V. ITE. SNARCE. — VI. DANSE. NIAM. — VII. ETSE. AI. GE. — VIII. NIE. BRETON. — IX. CONCOURENT. — X. ENTREMELES.

Verticalement

1. PROVIDENCE. — 2. INVITATION. — 3. CONDENSENT. — 4. IE. SE. CR. — 5. PA. PSE. BOE. — 6. ORSON. ARUM. — 7. CANCANIERE. — 8. KK. HRI. TEL. — 9. ENDECAGONE. — 10. TASSEMENTS.

N° 43

Horizontalement

I. MONTAGNARD. — II. EPOUVANTEE. — III. SPLEEN. GF. — IV. SOI. NATURE. — V. ASSOUCI. EC. — VI. GIEN. HORST. — VII. ETRIPE. ESI. — VIII. RIO. TNIO. — IX. IONISATION. — X. ENTRETIENS.

Verticalement

1. MESSAGERIE. — 2. OPPOSITION. — 3. NOLISERONT. — 4. TUE. ONI. IR. — 5. AVENU. POSE. — 6. GANACHE. AT. — 7. NN. TIO. TTI. — 8. AT. RENIE. — 9. REGRESSION. — 10. DEFECTIONS.

N° 44

Horizontalement

I. PASSE-LACET. — II. EPHEMERIDE. — III. SPIRITUEUX. — IV. TANISEE. CT. — V. IRTE. BL. AU. — VI. LIONS. FETE. — VII. ETITAM. TRL. — VIII. NIS. DETAIL. — IX. COMPETENCE. — X. ENERVANTES.

Verticalement
1. PESTILENCE. − 2. APPARITION. − 3. SHINTOISME. − 4. SERIENT. PR. − 5. EMIS. SADEV. − 6. LETEB. META. − 7. ARUELF. TEN. − 8. CIE. ETANT. − 9. EDUCATRICE. − 10. TEXTUELLES.

N° 45
Horizontalement
I. MAL EN POINT. − II. OLIGARCHIE. − III. NITOBAC. BN. − IV. TEULI. LIEE. − V. ENA. SEUELB. − VI. VANS. ASSUR. − VII. ETIERS. NE. − VIII. RIETI. AIGU. − IX. DONATRICES. − X. INSTANTANE.
Verticalement
1. MONTEVERDI. − 2. ALIENATION. − 3. LITUANIENS. − 4. EGOL. SETAT. − 5. NABIS. RITA. − 6. PRA. EAS. RN. − 7. OCCLUS. AIT. − 8. IH. IES. ICA. − 9. NIBELUNGEN. − 10. TENEBREUSE.

N° 46
Horizontalement
I. IMMOBILISE. − II. NOIR ANIMAL. − III. TUNISIENNE. − IV. ESONETS. CC. − V. RST. RISETT. − VI. VEAU. EELIO. − VII. ELUAPE. UOR. − VIII. NIR. EDNA. − IX. INEXISTANT. − X. RE. MANCIES.
Verticalement
1. INTERVENIR. − 2. MOUSSELINE. − 3. MINOTAURE. − 4. ORIN. UA. XM. − 5. BASER. PLIA. − 6. INITIEE. SN. − 7. LIESSE. ETC. − 8. IMN. ELUDAI. − 9. SANCTIONNE. − 10. ELECTORATS.

N° 47
Horizontalement
I. PRIMA DONNA. − II. LIMITATION. − III. APPRECIENT. − IV. TOUE. ET. CI. − V. ELITE. EPIC. − VI. BISTRO. HAI. − VII. ANSE. VE. TP. − VIII. NEA. NARGUE. − IX. DENTELAIRE. − X. ESTAFETTES.
Verticalement
1. PLATE-BANDE. − 2. RIPOLINEES. − 3. IMPUISSANT. − 4. MIRETTE. TA. − 5. ATE. ER. NEF. − 6. DACE. OVALE. − 7. OTITE. ERAT. − 8. NIE. PH. GIT. − 9. NONCIATURE. − 10. ANTICIPEES.

N° 48
Horizontalement
I. STEPHANOIS. − II. CAPRICORNE. − III. APIES. POTT. − IV. LEST. REDIT. − V. AA. REPETE. − VI. SLAVON. SUC. − VII. AORISTE. LE. − VIII. NEIB. ILIEN. − IX. TIERCEMENT. − X. ALLEGRETTO.
Verticalement
1. SCALA-SANTA. − 2. TAPE-A-L'ŒIL. − 3. EPIS. ARIEL. − 4. PRET. VIBRE. − 5. HIS. ROS. CG. − 6. AC. RENTIER. − 7. NOPEP. ELME. − 8. ORODES. IET. − 9. INTITULENT. − 10. SETTECENTO.

N° 49
Horizontalement
I. PERICOLOSO. — II. OLIGOPOLES. — III. SEDUCTIONS. — IV. SPE. AEN. AI. — V. EH. AR. TATA. — VI. SANG-DRAGON. — VII. SN. EI. IORI. — VIII. ITE. ENNUIS. — IX. VISERA. TAM. — X. ENTRETOILE.
Verticalement
1. POSSESSIVE. — 2. ELEPHANTIN. — 3. RIDE. EST. — 4. IGU. AGE. ER. — 5. COCARDIERE. — 6. OPTE. NAT. — 7. LOINTAIN. — 8. OLO. AGOUTI. — 9. SENATORIAL. — 10. OSSIANISME.

N° 50
Horizontalement
I. COUCI-COUCA. — II. ACHALANDES. — III. SACREMENTS. — IV. EA. PSI. — V. AG. CLAT. PJ. — VI. FONTANELLE. — VII. RECEPAIT. — VIII. OB. RAL. MAT. — IX. REVEILLE. — X. ECOSSAISES.
Verticalement
1. CASTAFIORE. — 2. OCA. GO. BEC. — 3. UHCE. NR. VO. — 4. CARACTERES. — 5. ILE. LACAIS. — 6. CAMPANELLA. — 7. ONE-STEP. LI. — 8. UDNI. LAMES. — 9. CET. PLIA. — 10. ASSUJETTIS.

N° 51
Horizontalement
I. LE PARMESAN. — II. ONIROLOGUE. — III. UCREP. DO. — IV. VLAN. CIVIL. — V. EON. PRESTO. — VI. RUD. RE. DOG. — VII. TAEDIUM. RI. — VIII. UGL. ESSAIS. — IX. RELIRE. RUM. — X. ESOTERISME.
Verticalement
1. LOUVERTURE. — 2. ENCLOUAGES. — 3. PIRANDELLO. — 4. AREN. IT. — 5. ROP. PRIERE. — 6. ML. CREUSER. — 7. EOLIE. MS. — 8. SG. VSD. ARS. — 9. AUDITORIUM. — 10. NEOLOGISME.

N° 52
Horizontalement
I. EPITHELIUM. — II. SANTA MARIA. — III. INITIATION. — IV. ATE. ERISED. — V. NH. ISGNEAR. — VI. NEIL. EEE. — VII. OIDIUMS. PG. — VIII. YS. ARE. PRO. — IX. AMIDONNIER. — X. MESENTENTE.
Verticalement
1. ESIANNOYAM. — 2. PANTHEISME. — 3. INIE. ID. IS. — 4. TTT. ILIADE. — 5. HAIES. URON. — 6. EMARGEMENT. — 7. LATINES. NE. — 8. IRISEE. PIN. — 9. UIOEA. PRET. — 10. MANDRAGORE.

N° 53
Horizontalement
I. AMPHITRITE. — II. FEUILLETON. — III. IREV. EUT. — IV. CIREDOR. RR. — V. ID. REGAGNE. — VI. OIPS. AINET. — VII. NOE. MO. — VIII. ANGLICISAI. — IX. DAUPHINOIS. — X. OLYMPIENNE.

Verticalement
1. AFICIONADO. – 2. MERIDIONAL. – 3. PUER. PEGUY. – 4. HIVERS. LPM. – 5. IL. DE. LIHP. – 6. TLUOGA. CII. – 7. RE. RAISINE. – 8. ITE. GN. SON. – 9. TOURNEMAIN. – 10. ENTRETOISE.

N° 54
Horizontalement
I. DU GUESCLIN. – II. ANACHORETE. – III. LIRE. UOR. – IV. METROMANIE. – V. AME. PETEES. – VI. TEMPETE. US. – VII. IMPORT. LOI. – VIII. EEEEEEEE. – IX. NN. NUBIE. – X. STRIP-TEASE.
Verticalement
1. DALMATIENS. – 2. UNIEMEMENT. – 3. GARTEMPE. – 4. UCER. POESI. – 5. EH. OPERE. – 6. SOUMETTENT. – 7. CROATE. EUE. – 8. LERNE. LEBA. – 9. IT. IEUO. IS. – 10. NECESSITEE.

N° 55
Horizontalement
I. ARTIFICIEL. – II. PULCINELLA. – III. OB. INILLEF. – IV. CAM. NC. ECO. – V. ANEMONE. TN. – VI. LINE. ACART. – VII. YET. MM. TIA. – VIII. PROTE. SOFI. – IX. SERANCOLIN. – X. ESSOUFFLEE.
Verticalement
1. APOCALYPSE. – 2. RUBANIERES. – 3. TL. MENTORS. – 4. ICI. ME. TAO. – 5. FINNO. MENU. – 6. INICNAM. CF. – 7. CEL. EC. SOF. – 8. ILLE. ATOLL. – 9. ELECTRIFIE. – 10. LA FONTAINE.

N° 56
Horizontalement
I. SOUS-PREFET. – II. ENGUEULADE. – III. ME. IDIOMES. – IV. BRETONNANT. – V. RENEG. TI. – VI. ALE. AREC. – VII. BISCUITE. – VIII. LA. UL. IMAL. – IX. ENTRECOUPE. – X. SEPTENNATS.
Verticalement
1. SEMBLABLES. – 2. ONER. LIANE. – 3. UG. ERES. TP. – 4. SUITE. CURT. – 5. PEDONCULEE. – 6. RUINE. CN. – 7. ELONGATION. – 8. FAMA. REMUA. – 9. EDENTE. APT. – 10. TESTICULES.

N° 57
Horizontalement
I. PHOTOMATON. – II. AUJOURD'HUI. – III. RRRRR. IERC. – IV. AL. ELGAR. – V. DUPEES. MSE. – VI. IBERE. NOEL. – VII. SER. SUOSBA. – VIII. IRMA. TIG. – IX. ELECTORALE. – X. RUTILANTES.
Verticalement
1. PARADISIER. – 2. HURLUBERLU. – 3. OJR. PERMET. – 4. TOREER. ACI. – 5. OURLEES. TL. – 6. MR. GS. UIOA. – 7. ADIA. NO. RN. – 8. THERMOSTAT. – 9. OUR. SEBILE. – 10. NICKELAGES.

N° 58
Horizontalement
I. EMBAUCHOIR. – II. COURTISANE. – III. ONGLET. SIN. – IV. UTE. SERINA. – V. LEAG. SAE. – VI. EVUEN. CNOD. – VII. MIDRASH. SE. – VIII. ED. ABAISSA. – IX. NEURAL. PAU. – X. TORD-BOYAUX.
Verticalement
1. ECOULEMENT. – 2. MONTEVIDEO. – 3. BUGEAUD. UR. – 4. ARL. GERARD. – 5. UTES. NABAB. – 6. CITES. SALO. – 7. HS. RACHI. – 8. OASIEN. SPA. – 9. ININ. OSSAU. – 10. RENARDEAUX.

N° 59
Horizontalement
I. CAGLIOSTRO. – II. IRRIGATION. – III. BAISE. DD. – IV. OUST. FLEAU. – V. UCO. FOIN. – VI. LANTERNERA. – VII. ERNE. CERAT. – VIII. TIERCE. ADI. – IX. TANNERA. IO. – X. ESTIMATION.
Verticalement
1. CIBOULETTE. – 2. ARAUCARIAS. – 3. GRISONNENT. – 4. LIST. TERNI. – 5. IGE. FE. CEM. – 6. OA. FORCERA. – 7. STALINE. AT. – 8. TI. ENERA. – 9. RODA. RADIO. – 10. ONDULATION.

N° 60
Horizontalement
I. CHARLESTON. – II. LAMOURETTE. – III. ASPIRER. EA. – IV. NAL. EIRE. – V. DREP. NEANT. – VI. ED. IST. UOI. – VII. SEANCES. TS. – VIII. TUBAI. OSEE. – IX. ISOCHIMENE. – X. NEGOCIANTS.
Verticalement
1. CLANDESTIN. – 2. HASARDEUSE. – 3. AMPLE. ABOG. – 4. ROI. PINACO. – 5. LURE. SCIHC. – 6. EREINTE. II. – 7. SERRE. SOMA. – 8. TT. EAU. SEN. – 9. OTE. NOTENT. – 10. NEANTISEES.

N° 61
Horizontalement
I. SCRABBLEUR. – II. TRICOTEUSE. – III. RADOM. TRUC. – IV. IPENEG. ART. – V. NURI. GASPI. – VI. DL. TE. CIAL. – VII. BEC. CETI. – VIII. EROTISE. IG. – IX. RICHARDSON. – X. GEORGIENNE.
Verticalement
1. STRINDBERG. – 2. CRAPULERIE. – 3. RIDER. COCO. – 4. ACONIT. THR. – 5. BOME. ENIAG. – 6. BT. GG. SRI. – 7. LET. ACCEDE. – 8. EURASIE. SN. – 9. USURPATION. – 10. RECTILIGNE.

N° 62
Horizontalement
I. GARE DE LYON. – II. INAMOVIBLE. – III. SCIPION. IB. – IV. CIERGE. RVU. – V. ALSIT. REEL. – VI. RL. SELEC. – VII. DATE. ALIAS. – VIII. III. EMITNI. – IX. ERUCTERENT. – X. NEOCESAREE.

Verticalement
1. GISCARDIEN. — 2. ANCILLAIRE. — 3. RAIES. TIUO. — 4. EMPRISE. CC. — 5. DOIGTE. ETE. — 6. EVOE. LAMES. — 7. LIN. RELIRA. — 8. YB. RECITER. — 9. OLIVE. ANNE. — 10. NEBULOSITE.

N° 63
Horizontalement
I. VERT-DE-GRIS. — II. AGORAPHOBE. — III. CAMELIAS. — IV. ARAMIS. ETE. — V. NANA. OAL. — VI. CIT. IDUABE. — VII. IE. IATAM. — VIII. ENQUIQUINE. — IX. ROUCOU. NON. — X. EXERCERENT.

Verticalement
1. VACANCIERE. — 2. EGARAI. NOX. — 3. ROMANTIQUE. — 4. TREMA. EUCR. — 5. DALI. IOC. — 6. EPISODIQUE. — 7. GHA. AUAU. — 8. ROSE LATINE. — 9. IB. BANON. — 10. SEVEREMENT.

N° 64
Horizontalement
I. BABY-SITTER. — II. AVANT-SCENE. — III. NOS. ROUNDS. — IV. ACTUALITES. — V. NAIADE. EMA. — VI. ETE. ANT. IU. — VII. RINU. TIRET. — VIII. AE. EV. NA. — IX. IRRITATION. — X. ESPAGNOLET.

Verticalement
1. BANANERAIE. — 2. AVOCATIERS. — 3. BASTIEN. RP. — 4. YN. UA. UEIA. — 5. STRADA. VTG. — 6. ISOLENT. AN. — 7. TCUI. TINTO. — 8. TENTE. RAIL. — 9. ENDEMIE. OE. — 10. RESSAUTENT.

N° 65
Horizontalement
I. MITTERRAND. — II. EUQILBUPER. — III. LL. MIE. PIE. — IV. CID. ERGS. — V. INADAPTEES. — VI. NATE. TSE. — VII. GRAMINEE. — VIII. PILEUSE. IS. — IX. OTAN. AUTRE. — X. TANTRISMES.

Verticalement
1. MELTING-POT. — 2. IUL. NARITA. — 3. TQ. CATALAN. — 4. TIMIDEMENT. — 5. ELIDA. IU. — 6. RBE. PENSAI. — 7. RU. ET. EEUS. — 8. APPRETE. TM. — 9. NEIGES. IRE. — 10. DRESSEUSES.

N° 66
Horizontalement
I. GAGNE-PETIT. — II. ILLEGALITE. — III. DIABLESSES. — IV. OMNIA. TO. — V. UED. NAINS. — VI. INAPTE. NOM. — VII. LT. CIRCE. — VIII. LEB. NOIRES. — IX. ERODENT. SS. — X. SALISSANTE.

Verticalement
1. GIDOUILLES. — 2. ALIMENTERA. — 3. GLANDA. BOL. — 4. NEBI. PC. DI. — 5. EGLANTINES. — 6. PAE. AERONS. — 7. ELSTI. CITA. — 8. TISONNER. — 9. ITE. SO. EST. — 10. TESS. MASSE.

N° 67
Horizontalement
I. GARDE-A-VOUS. — II. OBEISSANTE. — III. USES. ARTIM. — IV. VOLCAN. ALI. — V. ELUES. CRIN. — VI. RUER. SEITA. — VII. NM. NER. OAI. — VIII. EEVELER. IR. — IX. ENIN. VOIRE. — X. STATUAIRES.
Verticalement
1. GOUVERNEES. — 2. ABSOLUMENT. — 3. REELUE. VIA. — 4. DISCERNENT. — 5. ES. AS. EL. — 6. ASAN. SREVA. — 7. VAR. CE. ROI. — 8. ONTARIO. IR. — 9. UTILITAIRE. — 10. SEMINAIRES.

N° 68
Horizontalement
I. MENDELEIEV. — II. INORGANISE. — III. CLIENT. ICR. — IV. RESTAIT. AD. — V. OVE. SUAMME. — VI. ME. NOM. IOT. — VII. EMRAL. ALTE. — VIII. GEEL. TRIER. — IX. ANNOTATEUR. — X. STEGOSAURE.
Verticalement
1. MICROMEGAS. — 2. ENLEVEMENT. — 3. NOISE. RENE. — 4. DRET. NALOG. — 5. EGNASOL. TO. — 6. LATIUM. TAS. — 7. EN. TA. ARTA. — 8. III. MILIEU. — 9. ESCAMOTEUR. — 10. VER DE TERRE.

N° 69
Horizontalement
I. TETE DE TURC. — II. OULAN-BATOR. — III. RRAK. BLEMI. — IV. TOM. DO. VAS. — V. IP. PENSENT. — VI. CESAR. ERPA. — VII. ŒUVRER. HL. — VIII. LN. SRIOL. — IX. INTROVERTI. — X. SEPARATION.
Verticalement
1. TORTICOLIS. — 2. EUROPEENNE. — 3. TLAM. SU. TP. — 4. EAK. PAVERA. — 5. DN. DERR. OR. — 6. EBBON. ESVA. — 7. TAL. SERRET. — 8. UTEVER. IRI. — 9. ROMAN-PHOTO. — 10. CRISTALLIN.

N° 70
Horizontalement
I. PARE-SOLEIL. — II. IPECACUANA. — III. TOUT-VENANT. — IV. TL. OE. EE. — V. SLOB. ELAER. — VI. BOULEVERSA. — VII. UD. AG. — VIII. ROSSELLINI. — IX. GRATIFIENT. — X. HEGELIENNE.
Verticalement
1. PITTSBURGH. — 2. APOLLODORE. — 3. REU. OU. SAG. — 4. ECTOBLASTE. — 5. SAVE. EGEIL. — 6. OCE. EV. LFI. — 7. LUNULE. LIE. — 8. EAA. ARRIEN. — 9. INNEES. NNN. — 10. LATERALITE.

N° 71
Horizontalement
I. CHIEN CHAUD. — II. LARMOYANTE. — III. IMMENSITES. — IV. EBARC. LIVO. — V. NU. VEILLER. — VI. TREES. OLDI. — VII. EGNI. ENA. — VIII. ILLUSION. — IX. EPELER. SUT. — X. SURENCHERE.

Verticalement
1. CLIENTELES. – 2. HAMBURG. PU. – 3. IRMA. ENIER. – 4. EMERVEILLE. – 5. NONCES. LEN. – 6. CYS. EURC. – 7. HAILLONS. – 8. ANTILLAISE. – 9. UTEVED. OUR. – 10. DESORIENTE.

N° 72
Horizontalement
I. MONOMOTAPA. – II. ABORIGENES. – III. GLISSEMENT. – IV. NIS. EIP. DI. – V. EGEE. REBOG. – VI. TATIN. SEUM. – VII. ITIHAT. DIA. – VIII. SIE. GAI. LT. – IX. MORCELABLE. – X. ENSORCELES.
Verticalement
1. MAGNETISME. – 2. OBLIGATION. – 3. NOISETIERS. – 4. ORS. EIH. CO. – 5. MISE. NAGER. – 6. OGEIR. TALC. – 7. TEMPES. IAE. – 8. ANE. BED. BL. – 9. PENDOUILLE. – 10. ASTIGMATES.

N° 73
Horizontalement
I. CRETINISME. – II. UHCORC. TAX. – III. PERFORMANT. – IV. RAINA. IGIR. – V. OST. MUANCE. – VI. PIES. AHM. – VII. LL. EP. ANEI. – VIII. OVIPARITES. – IX. MIAULEMENT. – X. BAS DE CASSE.
Verticalement
1. CUPROPLOMB. – 2. RHEASILVIA. – 3. ECRITE. IAS. – 4. TOFN. SEPUD. – 5. IROAM. PALE. – 6. NCR. UU. REC. – 7. MIA. AIMA. – 8. STAGNANTES. – 9. MANICHEENS. – 10. EXTREMISTE.

N° 74
Horizontalement
I. FORMULAIRE. – II. UPA. BORNES. – III. TEST. GROGS. – IV. UREES. HCUA. – V. RAMPER. ULY. – VI. ITO. MOULAI. – VII. SOTTISIERS. – VIII. TITO. AO. IT. – IX. EREINTANTE. – X. SESTRIERES.
Verticalement
1. FUTURISTES. – 2. OPERATOIRE. – 3. RASE-MOTTES. – 4. TEP. TOIT. – 5. UB. SEMI. NR. – 6. LOG. ROSATI. – 7. ARRH. UIOAE. – 8. INOCULE. NR. – 9. REGULARITE. – 10. ESSAYISTES.

N° 75
Horizontalement
I. MALENTENDU. – II. EVACUATION. – III. DENOMME. MI. – IV. INDU. ARVIG. – V. ETETER. ANE. – VI. VU. ELITUAN. – VII. IRT. ASA. TI. – VIII. SIUTE. BIT. – IX. TETE-DE-CLOU. – X. ERUDITIONS.
Verticalement
1. MEDIEVISTE. – 2. AVENTURIER. – 3. LANDE. TUTU. – 4. ECOUTE. TED. – 5. NUM. ELAEDI. – 6. TAMARIS. ET. – 7. ETER. TA. CI. – 8. NI. VAU. BLO. – 9. DOMINATION. – 10. UNIGENITUS.

N° 76
Horizontalement
I. PAIMPOLAIS. – II. INSOUCIANT. – III. STATICE. AR. – IV. CABOTINERA. – V. IRE. SS. ITT. – VI. CCAP. ENVIE. – VII. OTUAT. CG. – VIII. LI. CHERGUI. – IX. EDITORIALE. – X. SELENIATES.
Verticalement
1. PISCICOLES. – 2. ANTARCTIDE. – 3. ISABEAU. IL. – 4. MOTO. PACTE. – 5. PUITS. THON. – 6. OCCISE. ERI. – 7. LIEN. NORIA. – 8. AA. EIV. GAT. – 9. INARTICULE. – 10. STRATEGIES.

N° 77
Horizontalement
I. HENRI TROIS. – II. OCEANIENNE. – III. LH. NORDUAC. – IV. LAEV. AO. TR. – V. ANCIENNETE. – VI. NC. EMAD. ET. – VII. DRARE. ANNA. – VIII. AUI. RAN. DI. – IX. IRRIGATEUR. – X. SECHERESSE.
Verticalement
1. HOLLANDAIS. – 2. ECHANCRURE. – 3. NE. EC. AIRC. – 4. RANVIER. IH. – 5. INO. EMERGE. – 6. TIRANA. AAR. – 7. REDONDANTE. – 8. ONU. ES. – 9. INATTENDUS. – 10. SECRETAIRE.

N° 78
Horizontalement
I. CRI DU CŒUR. – II. AI. IRO. LRE. – III. VOIX DU SANG. – IV. LD. LAGER. – V. RELIGIEUSE. – VI. NOIX. SNE. – VII. ENCHASSENT. – VIII. IU. SUE. – IX. SATINES. EE. – X. EMETTRICES.
Verticalement
1. CAVERNEUSE. – 2. RIO. EON. AM. – 3. ILLICITE. – 4. DIX/DIX-HUIT. – 5. URD. NT. – 6. COULISSIER. – 7. SAENS. SI. – 8. ELAGUEES. – 9. URNES. NUEE. – 10. REGRETTEES.

N° 79
Horizontalement
I. EMIGRATION. – II. TORRICELLI. – III. RURALE. – IV. ALEVINIERE. – V. NILEV. AGAR. – VI. GNI. ACTION. – VII. LEGE. NATNA. – VIII. ETIRA. MI. – IX. UTOPIE. MIS. – X. RENARDIERE.
Verticalement
1. ETRANGLEUR. – 2. MOULINETTE. – 3. IRRELIGION. – 4. GRAVE. ERPA. – 5. RILIVA. AIR. – 6. ACEN. CN. ED. – 7. TE. IATAM. – 8. ILLEGITIME. – 9. OL. RAON. IR. – 10. NIVERNAISE.

N° 80
Horizontalement
I. CATARACTES. – II. ABECEDAIRE. – III. VRAC. DEMON. – IV. AIMERI. EST. – V. LC. NATS. II. – VI. CONTRITION. – VII. ATE. EOR. NE. – VIII. NIEE. NIL. – IX. TENDANCIEL. – X. IRRITATIVE.

Verticalement
1. CAVALCANTI. – 2. ABRICOTIER. – 3. TEAM. NEENR. – 4. ACCENT. EDI. – 5. RE. RARE. AT. – 6. ADDITIONNA. – 7. CAE. STRICT. – 8. TIME. LII. – 9. EROSION. EV. – 10. SENTINELLE.

N° 81
Horizontalement
I. POLITICARD. – II. ONIC. NOUEE. – III. PENTAGONES. – IV. UM. IREP. XC. – V. LAINER. SPE. – VI. INDONESIEN. – VII. SS. SEN. ADD. – VIII. THO. SCOLIE. – IX. EOLE. EC. EN. – X. SWEAT-SHIRT.
Verticalement
1. POPULISTES. – 2. ONE MAN SHOW. – 3. LIN. ID. OLE. – 4. ICTINOS. EÀ. – 5. ARENES. – 6. INGERENCES. – 7. COOP. OCH. – 8. AUN. SIAL. – 9. REEXPEDIER. – 10. DESCENDENT.

N° 82
Horizontalement
I. CISTERCIEN. – II. ORTHOPEDIE. – III. LARA. UNERG. – IV. AIS. TAEL. – V. FO. SALIL. – VI. INN. IEM. DG. – VII. CHIENNERIE. – VIII. HESITATION. – IX. EUOR. IRONT. – X. TREPONEMES.
Verticalement
1. COLIFICHET. – 2. IRA. ONHEUR. – 3. STRA. NISOE. – 4. THAIS. EIRP. – 5. EO. SAINT. – 6. RPU. LE NAIN. – 7. CENTIMETRE. – 8. IDEAL. RIOM. – 9. EIRE. DIONE. – 10. NEGLIGENTS.

N° 83
Horizontalement
I. SIGNORELLI. – II. INHUMATION. – III. DD. REVERSI. – IV. IEC. GI. EAT. – V. BLOCAGE. NI. – VI. REUR. ONEGA. – VII. AB. INTERET. – VIII. HILARE. ELI. – IX. ILLIERS. EV. – X. MENSUALISE.
Verticalement
1. SIDI BRAHIM. – 2. INDELEBILE. – 3. GH. COU. LLN. – 4. NUR. CRIAIS. – 5. OMEGA. NREU. – 6. RAVIGOTERA. – 7. ETE. ENE. SL. – 8. LIRE. ERE. – 9. LOS ANGELES. – 10. INITIATIVE.

N° 84
Horizontalement
I. MESMERISME. – II. APPARENTES. – III. CLARIFIENT. – IV. KURDE. UA. – V. ICTI. EINIF. – VI. NHE. AMASSE. – VII. TERESA. TET. – VIII. OUI-DIRE. RT. – IX. SSEOL. PAIE. – X. HESPERIDES.
Verticalement
1. MACKINTOSH. – 2. EPLUCHEUSE. – 3. SPARTERIES. – 4. MARDI. EDOP. – 5. ERIE. ASILE. – 6. REF. EMAR. – 7. INITIA. EPI. – 8. STE. NST. AD. – 9. MENUISERIE. – 10. ESTAFETTES.

N° 85
Horizontalement
I. COOPERATIF. – II. EURO-DOLLAR. – III. GIAT. SEEGA. – IV. ESTIMATION. – V. STENO. AH. – VI. IRU. BANTOU. – VII. MERCI. UE. – VIII. AH. ILOPIRT. – IX. LARVES. OAT. – X. EMBASTILLE.

Verticalement
1. CEGESIMALE. – 2. OUISTREHAM. – 3. ORATEUR. RB. – 4. POTIN. CIVA. – 5. ED. MOBILES. – 6. ROSA. OST. – 7. ALETANAP. – 8. TLEIHT. IOL. – 9. IAGO. OURAL. – 10. FRANQUETTE.

N° 86
Horizontalement
I. CERF-VOLANT. – II. ECUREUIL. – III. LOPE DE VEGA. – IV. ETID. NIX. – V. NES. NAGE. – VI. IA. RUEGNOR. – VII. FURIBARDES. – VIII. ERUCIFORME. – IX. RIE. TMOION. – X. ECRASEMENT.

Verticalement
1. CELERIFERE. – 2. ECOT. AURIC. – 3. RUPIN. RUER. – 4. FREDERIC. – 5. VED. SUBITS. – 6. OUEN. EAFME. – 7. LIVING-ROOM. – 8. ALEXANDRIE. – 9. GOEMON. – 10. TRAVERSENT.

N° 87
Horizontalement
I. BOUILLOTTE. – II. RISTOURNES. – III. ISAURIE. LT. – IV. SEG. DRIVER. – V. ELEB. ELIMA. – VI. GIRON. LEEP. – VII. LESSIVE. SA. – VIII. AR. NOIRAUD. – IX. CECI. IRE. – X. ESPERANCES.

Verticalement
1. BRISE-GLACE. – 2. OISELIERES. – 3. USAGERS. CP. – 4. ITU. BOSNIE. – 5. LORD. NIO. – 6. LUIRE. VIRA. – 7. OREILLER. – 8. TN. VIE. AIC. – 9. TELEMESURE. – 10. ESTRAPADES.

N° 88
Horizontalement
I. DRY-MARTINI. – II. AY. TELES. – III. GROSSO MODO. – IV. UT. PPP. – V. GERES. OMEH. – VI. ENTREPRISE. – VII. MAIES. PR. – VIII. EBE. SEINAM. – IX. NARRATRICE. – X. TRENTIEMES.

Verticalement
1. DEGAGEMENT. – 2. ENABAR. – 3. YAOURTIERE. – 4. MYSTERE. RN. – 5. SESSAT. – 6. RTOP. ETI. – 7. TEMPORAIRE. – 8. ILOPMI. NIM. – 9. NED. ESPACE. – 10. ISOTHERMES.

N° 89
Horizontalement
I. MAVALAVAIS. – II. ORIGINELLE. – III. IC. LOTS. LC. – IV. NHA. NIPRUT. – V. SADE. SAISI. – VI. VIOLEE. RIO. – VII. ASSOMPTION. – VIII. LAST. SO. NN. – IX. UNA. SIRENE. – X. ETIQUETTES.

Verticalement
1. MOINS-VALUE. — 2. ARCHAISANT. — 3. VI. ADOSSAI. — 4. AGL. ELOT. — 5. LION. EM. SU. — 6. ANTISEPSIE. — 7. VESPA. TORT. — 8. AL. RIRI. ET. — 9. ILLUSIONNE. — 10. SECTIONNES.

N° 90
Horizontalement
I. BOUT DE GRAS. — II. ENTRECOUPE. — III. UZ. ACOM. RN. — IV. REMPLUMEES. — V. EPATER. — VI. ENLISERENT. — VII. NI. SSR. HAI. — VIII. OTLTEAM. VV. — IX. INTERIEURE. — X. RASSASIEES.

Verticalement
1. BEURRE NOIR. — 2. ONZE. NITNA — 3. UT. MEL. LTS. — 4. TRAPPISTES. — 5. DECLASSERA. — 6. ECOUTERAIS. — 7. GOMMER. MEI. — 8. RU. EREH. UE. — 9. APRE. NAVRE. — 10. SENSITIVES.

N° 91
Horizontalement
I. STAN LAUREL. — II. CHRIST. APA. — III. AERE. TARIN. — IV. PLISSEMENT. — V. HOV. TN. TEE. — VI. ANISETTE. — VII. NIS. RIT. LN. — VIII. DOTEES. OIE. — IX. RUES. TALON. — X. ESSORERENT.

Verticalement
1. SCAPHANDRE. — 2. THELONIOUS. — 3. ARRIVISTES. — 4. NIES. ESO. — 5. LS. STERE. — 6. ATTENTISTE. — 7. AM. TT. AR. — 8. RARETE. OLE. — 9. EPINE. LION. — 10. LANTERNENT.

N° 92
Horizontalement
I. ABSENTEISME. — II. MOUTARDE. OC. — III. BURALISTE. — IV. ALI. NIL. — V. SANSCULOTTE. — VI. SN. PAR. RES. — VII. AGRAFEUSE. — VIII. DIETE. DAMNA. — IX. ESSUIE-PIEDS. — X. UTILEMENT. — XI. REVER. RESTE.

Verticalement
1. AMBASSADEUR. — 2. BOULANGISTE. — 3. SURIN. RESIV. — 4. ETA. SPATULE. — 5. NAL. CAFEIER. — 6. TRITURE. EM. — 7. EDS. UDPER. — 8. IET. SAINE. — 9. ENTREMETS. — 10. MO. ITE. ND. — 11. ECCLESIASTE.

N° 93
Horizontalement
I. CINEMATHEQUE. — II. ON. RURAUX. NU. — III. UNI. SANG. HIC. — IV. TONTE. GODIVA. — V. UCCELLO. REEL. — VI. REINE. FERRY. — VII. INSURGE. SP. — VIII. ETE. AVISAIT. — IX. RE. MAL. — X. VERTU. — XI. SEMINARISTES.

Verticalement
1. COUTURIERS. — 2. INNOCENTEE. — 3. INCISE. — 4. ER. TENU. MI. — 5. MUSELER. AN. — 6. ARA. GALA. — 7. TANGO. EV. — 8. HUGO. IVI. — 9. EX. DRESSES. — 10. HIER. ART. —

11. UNIVERSITE. — 12. EUCA-
LYPTUS.

N° 94
Horizontalement
I. HAUTE-VOLTA. — II. ORGA-NISEES. — III. RAOUTS. ARC. — IV. RATURE. — V. ZOILES. TEN. — VI. NEF. CAPS. — VII. NL. MABOULE. — VIII. TOP. RDEU. — IX. AVENTIN. IR. — X. LENDEMAINS.
Verticalement
1. HORIZONTAL. — 2. ARA. LOVE. — 3. UGOLIN. PEN. — 4. TAU. LEM. ND. — 5. ENTREFAITE. — 6. VISAS. IM. — 7. OS. CORNA. — 8. LEAUTAUD. — 9. TERRE-PLEIN. — 10. ASCENSEURS.

N° 95
Horizontalement
I. POTRON-MINET. — II. HIROSHIMA. — III. ISOLE. NB. ET. — IV. LICENCIEUSE. — V. EVA. TOSCA. — VI. AEDE. UTI. TE. — VII. STEP. LELIAN. — VIII. FER. BERLINE. — IX. OMO. II. TG. — X. GO. ENDETTER. — XI. GRANDELETTE.
Verticalement
1. PHILEAS FOGG. — 2. OISIVETE. OR. — 3. TROCADERO. — 4. ROLE. EP. MEN. — 5. OSENT. BOND. — 6. NH. COULE. DE. — 7. MINISTERIEL. — 8. IMBECILLITE. — 9. NA. UA. II. TT. — 10. ES. TANTET. — 11. TETE-DE-NEGRE.

N° 96
Horizontalement
I. PROFESSEUR. — II. RECEPTACLE. — III. OPINIATRES. — IV. TED. CLAIRS. — V. ER. SEINS. — VI. STOP. NI. TU. — VII. TOURNIQUET. — VIII. ARTI. SUITE. — IX. NI. NIMEGUE. — X. TENTEES. SS.
Verticalement
1. PROTESTANT. — 2. REPERTORIE. — 3. OCID. OUT. — 4. FEN. SPRINT. — 5. EPICE. IE. — 6. STALINISME. — 7. SATANIQUES. — 8. ECRIS. UIG. — 9. ULER. TETUS. — 10. RESSAUTEES.

N° 97
Horizontalement
I. OBLIGATION. — II. BUONARROTI. — III. ERGOTA. AB. — IV. ILE. ENCAGE. — V. SE. REEL. — VI. SSSS. BOF. — VII. AQUEDUC. MN. — VIII. NUIRA. HAIG. — IX. CENTIMETRE. — X. ESTIMATION.
Verticalement
1. OBEISSANCE. — 2. BURLESQUES. — 3. LOGE. SUINT. — 4. INO. SERTI. — 5. GATEE. DAIM. — 6. ARAN. BU. MA. — 7. TR. CROCHET. — 8. IO. AEF. ATI. — 9. OTAGE. MIRO. — 10. NIBELUNGEN.

N° 98
Horizontalement
I. DEFINITION. — II. EPARGNANTE. — III. PERI. VIC. — IV. ELASTICITE. — V. NLUE.

CITES. — VI. DAD. BASE. — VII. AT. DIT. ENA. — VIII. NIAISES. II. — IX. CONTOURNER. — X. ENTOURNURE.

Verticalement
1. DEPENDANCE. — 2. EPELLATION. — 3. FARAUD. ANT. — 4. IRISE. DITO. — 5. NG. BISOU. — 6. INDICATEUR. — 7. TA. CIS. SRN. — 8. INVITEE. NU. — 9. OTITE. NIER. — 10. NECESSAIRE.

N° 99
Horizontalement
I. MAO TSETUNG. — II. AIRAIN. REA. — III. NOIRE. UB. — IV. NERIAD. — V. ANNONCIERE. — VI. RATIER. TAR. — VII. ITAL. ENO. — VIII. NUL. EPERDU. — IX. ARETE. IBOG. — X. TESTATRICE.

Verticalement
1. MANDARINAT. — 2. AIO. NATURE. — 3. ORIENTALES. — 4. TAR. OIL. TT. — 5. SIENNE. EEA. — 6. EN. ECREP. — 7. URI. NEIR. — 8. URBI ET ORBI. — 9. NE. ARA. DOC. — 10. GARDE ROUGE.

N° 100
Horizontalement
I. ARRIERE-BEC. — II. NEUF. ESUMA. — III. TIA. PAC. UN. — IV. EMBARRAS. — V. CP. POMMARD. — VI. HRH. DEP. OI. — VII. RIGOUREUSE. — VIII. IM. MI. TN. — IX. SEPARATION. — X. TERRE-NEUVE.

Verticalement
1. ANTECHRIST. — 2. REIMPRIMEE. — 3. RUAB. HG. PR. — 4. IF. AP. OMAR. — 5. PRODUIRE. — 6. REARMER. AN. — 7. ESCAMPETTE. — 8. BU. SA. IU. — 9. EMU. ROSTOV. — 10. CANADIENNE.

DU MÊME AUTEUR

LES CHOSES, prix Renaudot, Julliard, coll. « Les Lettres nouvelles », 1965.

QUEL PETIT VÉLO À GUIDON CHROMÉ AU FOND DE LA COUR ?, Denoël, coll. « Les Lettres nouvelles », 1966, 1988, et Gallimard, coll. « Folio », n° 1413, coll. « Folioplus classiques », n° 215, 2011.

UN HOMME QUI DORT, Denoël, coll. « Les Lettres nouvelles », 1966, 1988, et Gallimard, coll. « Folio », n° 2197 et « Folio plus », n° 44.

LA DISPARITION, Denoël, coll. « Les Lettres nouvelles », 1969, rééd. Gallimard, coll. « L'Imaginaire », n° 215.

LES REVENENTES, Julliard, coll. « Idée fixe », 1972, rééd. 1974, 1997.

LA BOUTIQUE OBSCURE, Denoël-Gonthier, coll. « Cause commune », 1973, rééd. Gallimard, coll. « L'Imaginaire », n° 604, 2010.

ESPÈCES D'ESPACES, Galilée, coll. « L'Espace critique », 1974, nouvelle éd. 2000.

W OU LE SOUVENIR D'ENFANCE, Denoël, coll. « Les Lettres nouvelles », 1975, rééd. Gallimard, coll. « L'Imaginaire », n° 293.

ALPHABETS, Galilée, coll. « Écritures/Figures », 1976.

JE ME SOUVIENS (Les Choses communes I), Hachette/P.O.L, 1978, Hachette Littératures, 1998, rééd. Fayard, 2011.

LA VIE MODE D'EMPLOI, prix Médicis, Hachette/P.O.L, 1978, Hachette Littératures, 2000 et « Le livre de Poche », n° 5341, rééd. Fayard, 2011.

LA CLÔTURE ET AUTRES POÈMES, Hachette/P.O.L, 1978 et Hachette Littératures, 1992.

UN CABINET D'AMATEUR, Balland, rééd. Éd. du Seuil, coll. « La Librairie du XXᵉ siècle », 1994.

LES MOTS CROISÉS, Mazarine, 1979.

L'ÉTERNITÉ, Orange Export Ltd, 1981.

THÉÂTRE I, Hachette/P.O.L, 1981 et Hachette Littératures, nouvelle éd. 2001, rééd. Fayard, coll. « Théâtre », 2012.

TENTATIVE D'ÉPUISEMENT D'UN LIEU PARISIEN, Christian Bourgois éditeur, 1983, coll. « Titres », 2008.

PENSER/CLASSER, Hachette, coll. « Textes du XXe siècle », 1985, rééd. Éd. du Seuil, coll. « La Librairie du XXIe siècle ».

LES MOTS CROISÉS II, P.O.L/Mazarine, 1986.

« 53 JOURS », P.O.L, 1989, rééd. Gallimard, coll. « Folio », n° 2547.

L'INFRA-ORDINAIRE, Éd. du Seuil, coll. « La Librairie du XXe siècle », 1989.

VŒUX, Éd. du Seuil, coll. « La Librairie du XXe siècle », 1989.

JE SUIS NÉ, Éd. du Seuil, coll. « La Librairie du XXe siècle », 1990.

CANTATRIX SOPRANICA L. ET AUTRES ÉCRITS SCIENTIFIQUES, Éd. du Seuil, coll. « La Librairie du XXe siècle », 1991.

L. G. UNE AVENTURE DES ANNÉES SOIXANTE, Éd. du Seuil, coll. « La Librairie du XXe siècle », 1992.

LE VOYAGE D'HIVER, Éd. du Seuil, coll. « La Librairie du XXe siècle », 1993.

CAHIER DES CHARGES DE « LA VIE MODE D'EMPLOI », présenté par Hans Hartje, Bernard Magné et Jacques Neefs, CNRS Éditions et Zulma, collection « Manuscrits », 1993.

BEAUX PRÉSENTS BELLES ABSENTES, Éd. du Seuil, coll. « La Librairie du XXe siècle », 1994.

ELLIS ISLAND, P.O.L, 1995.

WHAT A MAN !, Le Castor Astral, coll. « L'Inutile », 1996.

PEREC/RINATIONS, Éd. Zulma, coll. « Grain d'orage », 1997.

JEUX INTÉRESSANTS, Éd. Zulma, coll. « Grain d'orage », 1997 ; coll. « Littérature française », 2008.

NOUVEAUX JEUX INTÉRESSANTS, Éd. Zulma, coll. « Grain d'orage », 1998 ; coll. « Littérature française », 2008.

ENTRETIENS ET CONFÉRENCES, éd. établie par Dominique Bertelli et Mireille Ribière, Éd. Joseph K., Nantes, 2003.

QUELQUES-UNES DES CHOSES QU'IL FAUDRAIT TOUT DE MÊME QUE JE FASSE, Autrement Jeunesse, 2009.

56 LETTRES À UN AMI, Éd. Le Bleu du Ciel, 2011.

EN DIALOGUE AVEC L'ÉPOQUE ET AUTRES ENTRETIENS, édition établie par Dominique Bertelli et Mireille Ribière, Éd. Joseph K., Nantes, 2012.

LE CONDOTTIÈRE, Éd. du Seuil, coll. « La Librairie du XXIe siècle », 2012.

Ouvrages en collaboration :

PETIT TRAITÉ INVITANT À L'ART SUBTIL DU GO, Christian Bourgois éditeur, 1969 (avec Pierre Lusson et Jacques Roubaud).

OULIPO, La Littérature potentielle. Créations, récréations, recréations, Gallimard, coll. « Idées », 1973.

RÉCITS D'ELLIS ISLAND. HISTOIRES D'ERRANCE ET D'ESPOIR, Éd. du Sorbier, 1980 (avec Robert Bober), rééd. P.O.L, 1994. Disponible en cassette Vision Seuil (VHS Secam), 1991.

L'ŒIL ÉBLOUI, Chêne/Hachette, 1981 (avec Cuchi White).

OULIPO, Atlas de littérature potentielle, Gallimard, coll. « Idées », 1981.

MÉTAUX, SEPT SONNETS HÉTÉROGRAMMATIQUES POUR ACCOMPAGNER SEPT GRAPHISCULTURES DE PAOLO BONI, Paris, R.L.D., 1985 (avec Paolo Boni).

OULIPO, La Bibliothèque oulipienne, Ramsay, 1987, 2 vol.

PRESBYTÈRE ET PROLÉTAIRES. LE DOSSIER PALF, Cahiers Georges Perec, n° 3, 1989, Éd. du Limon (avec Marcel Bénabou).

UN PETIT PEU PLUS DE QUATRE MILLE POÈMES EN

PROSE POUR FABRIZIO CLERICI, Les Impressions Nouvelles, 1996 (avec Fabrizio Clerici).

LES MOTS CROISÉS, PRÉCÉDÉS DE CONSIDÉRATIONS DE L'AUTEUR SUR L'ART ET LA MANIÈRE DE CROISER LES MOTS, P.O.L, 1999 ; Gallimard, repris en partie en coll. « Folio », n° 5482, 2012.

L'ART ET LA MANIÈRE D'ABORDER SON CHEF DE SERVICE POUR LUI DEMANDER UNE AUGMENTATION, Hachette Littératures, 2008, réed. Fayard, 2011.

Correspondance :

« CHER, TRÈS CHER ADMIRABLE ET CHARMANT AMI... », correspondance Georges Perec et Jacques Lederer, Flammarion, 1997.

Traductions :

Harry Mathews, LES VERTS CHAMPS DE MOUTARDE DE L'AFGHANISTAN, Denoël, coll. « Les Lettres nouvelles », 1974, rééd. P.O.L, 1998.

Harry Mathews, LE NAUFRAGE DU STADE ODRADEK, Hachette/P.O.L, 1981, rééd. P.O.L, 1989.

Phonographie :

JE ME SOUVIENS, interprété par Sami Frey, Éd. des Femmes, coll. « La Bibliothèque des voix », CD, 1990.

DIALOGUE AVEC BERNARD NOËL, Poésie ininterrompue, Je me souviens (extraits), L'écriture des rêves, Tentative de description de choses vues au carrefour Mabillon le 19 mai 1978, coffret de 4 CD, production André Dimanche/INA, 1997.

L'ART ET LA MANIÈRE D'ABORDER SON CHEF DE SERVICE POUR LUI DEMANDER UNE AUGMENTATION, lu par Guillaume Gallienne, Éd. Thélème, 2012.

COLLECTION FOLIO

Dernières parutions

5235. Carlos Fuentes — *En bonne compagnie* suivi de *La chatte de ma mère*
5236. Ernest Hemingway — *Une drôle de traversée*
5237. Alona Kimhi — *Journal de Berlin*
5238. Lucrèce — *« L'esprit et l'âme se tiennent étroitement unis »*
5239. Kenzaburô Ôé — *Seventeen*
5240. P. G. Wodehouse — *Une partie mixte à trois et autres nouvelles du green*
5241. Melvin Burgess — *Lady*
5242. Anne Cherian — *Une bonne épouse indienne*
5244. Nicolas Fargues — *Le roman de l'été*
5245. Olivier Germain-Thomas — *La tentation des Indes*
5246. Joseph Kessel — *Hong-Kong et Macao*
5247. Albert Memmi — *La libération du Juif*
5248. Dan O'Brien — *Rites d'automne*
5249. Redmond O'Hanlon — *Atlantique Nord*
5250. Arto Paasilinna — *Sang chaud, nerfs d'acier*
5251. Pierre Péju — *La Diagonale du vide*
5252. Philip Roth — *Exit le fantôme*
5253. Hunter S. Thompson — *Hell's Angels*
5254. Raymond Queneau — *Connaissez-vous Paris ?*
5255. Antoni Casas Ros — *Enigma*
5256. Louis-Ferdinand Céline — *Lettres à la N.R.F.*
5257. Marlena de Blasi — *Mille jours à Venise*
5258. Éric Fottorino — *Je pars demain*
5259. Ernest Hemingway — *Îles à la dérive*
5260. Gilles Leroy — *Zola Jackson*
5261. Amos Oz — *La boîte noire*
5262. Pascal Quignard — *La barque silencieuse (Dernier royaume, VI)*

5263.	Salman Rushdie	*Est, Ouest*
5264.	Alix de Saint-André	*En avant, route!*
5265.	Gilbert Sinoué	*Le dernier pharaon*
5266.	Tom Wolfe	*Sam et Charlie vont en bateau*
5267.	Tracy Chevalier	*Prodigieuses créatures*
5268.	Yasushi Inoué	*Kôsaku*
5269.	Théophile Gautier	*Histoire du Romantisme*
5270.	Pierre Charras	*Le requiem de Franz*
5271.	Serge Mestre	*La Lumière et l'Oubli*
5272.	Emmanuelle Pagano	*L'absence d'oiseaux d'eau*
5273.	Lucien Suel	*La patience de Mauricette*
5274.	Jean-Noël Pancrazi	*Montecristi*
5275.	Mohammed Aïssaoui	*L'affaire de l'esclave Furcy*
5276.	Thomas Bernhard	*Mes prix littéraires*
5277.	Arnaud Cathrine	*Le journal intime de Benjamin Lorca*
5278.	Herman Melville	*Mardi*
5279.	Catherine Cusset	*New York, journal d'un cycle*
5280.	Didier Daeninckx	*Galadio*
5281.	Valentine Goby	*Des corps en silence*
5282.	Sempé-Goscinny	*La rentrée du Petit Nicolas*
5283.	Jens Christian Grøndahl	*Silence en octobre*
5284.	Alain Jaubert	*D'Alice à Frankenstein (Lumière de l'image, 2)*
5285.	Jean Molla	*Sobibor*
5286.	Irène Némirovsky	*Le malentendu*
5287.	Chuck Palahniuk	*Pygmy* (à paraître)
5288.	J.-B. Pontalis	*En marge des nuits*
5289.	Jean-Christophe Rufin	*Katiba*
5290.	Jean-Jacques Bernard	*Petit éloge du cinéma d'aujourd'hui*
5291.	Jean-Michel Delacomptée	*Petit éloge des amoureux du silence*
5292.	Mathieu Terence	*Petit éloge de la joie*
5293.	Vincent Wackenheim	*Petit éloge de la première fois*
5294.	Richard Bausch	*Téléphone rose* et autres nouvelles

5295.	Collectif	*Ne nous fâchons pas! Ou L'art de se disputer au théâtre*
5296.	Collectif	*Fiasco! Des écrivains en scène*
5297.	Miguel de Unamuno	*Des yeux pour voir*
5298.	Jules Verne	*Une fantaisie du docteur Ox*
5299.	Robert Charles Wilson	*YFL-500*
5300.	Nelly Alard	*Le crieur de nuit*
5301.	Alan Bennett	*La mise à nu des époux Ransome*
5302.	Erri De Luca	*Acide, Arc-en-ciel*
5303.	Philippe Djian	*Incidences*
5304.	Annie Ernaux	*L'écriture comme un couteau*
5305.	Élisabeth Filhol	*La Centrale*
5306.	Tristan Garcia	*Mémoires de la Jungle*
5307.	Kazuo Ishiguro	*Nocturnes. Cinq nouvelles de musique au crépuscule*
5308.	Camille Laurens	*Romance nerveuse*
5309.	Michèle Lesbre	*Nina par hasard*
5310.	Claudio Magris	*Une autre mer*
5311.	Amos Oz	*Scènes de vie villageoise*
5312.	Louis-Bernard Robitaille	*Ces impossibles Français*
5313.	Collectif	*Dans les archives secrètes de la police*
5314.	Alexandre Dumas	*Gabriel Lambert*
5315.	Pierre Bergé	*Lettres à Yves*
5316.	Régis Debray	*Dégagements*
5317.	Hans Magnus Enzensberger	*Hammerstein ou l'intransigeance*
5318.	Éric Fottorino	*Questions à mon père*
5319.	Jérôme Garcin	*L'écuyer mirobolant*
5320.	Pascale Gautier	*Les vieilles*
5321.	Catherine Guillebaud	*Dernière caresse*
5322.	Adam Haslett	*L'intrusion*
5323.	Milan Kundera	*Une rencontre*
5324.	Salman Rushdie	*La honte*
5325.	Jean-Jacques Schuhl	*Entrée des fantômes*
5326.	Antonio Tabucchi	*Nocturne indien* (à paraître)

5327.	Patrick Modiano	*L'horizon*
5328.	Ann Radcliffe	*Les Mystères de la forêt*
5329.	Joann Sfar	*Le Petit Prince*
5330.	Rabaté	*Les petits ruisseaux*
5331.	Pénélope Bagieu	*Cadavre exquis*
5332.	Thomas Buergenthal	*L'enfant de la chance*
5333.	Kettly Mars	*Saisons sauvages*
5334.	Montesquieu	*Histoire véritable et autres fictions*
5335.	Chochana Boukhobza	*Le Troisième Jour*
5336.	Jean-Baptiste Del Amo	*Le sel*
5337.	Bernard du Boucheron	*Salaam la France*
5338.	F. Scott Fitzgerald	*Gatsby le magnifique*
5339.	Maylis de Kerangal	*Naissance d'un pont*
5340.	Nathalie Kuperman	*Nous étions des êtres vivants*
5341.	Herta Müller	*La bascule du souffle*
5342.	Salman Rushdie	*Luka et le Feu de la Vie*
5343.	Salman Rushdie	*Les versets sataniques*
5344.	Philippe Sollers	*Discours Parfait*
5345.	François Sureau	*Inigo*
5346	Antonio Tabucchi	*Une malle pleine de gens*
5347.	Honoré de Balzac	*Philosophie de la vie conjugale*
5348.	De Quincey	*Le bras de la vengeance*
5349.	Charles Dickens	*L'Embranchement de Mugby*
5350.	Epictète	*De l'attitude à prendre envers les tyrans*
5351.	Marcus Malte	*Mon frère est parti ce matin...*
5352.	Vladimir Nabokov	*Natacha et autres nouvelles*
5353.	Conan Doyle	*Un scandale en Bohême* suivi de *Silver Blaze*. Deux aventures de Sherlock Holmes
5354.	Jean Rouaud	*Préhistoires*
5355.	Mario Soldati	*Le père des orphelins*
5356.	Oscar Wilde	*Maximes et autres textes*
5357.	Hoffmann	*Contes nocturnes*
5358.	Vassilis Alexakis	*Le premier mot*
5359.	Ingrid Betancourt	*Même le silence a une fin*

5360.	Robert Bobert	*On ne peut plus dormir tranquille quand on a une fois ouvert les yeux*
5361.	Driss Chraïbi	*L'âne*
5362.	Erri De Luca	*Le jour avant le bonheur*
5363.	Erri De Luca	*Première heure*
5364.	Philippe Forest	*Le siècle des nuages*
5365.	Éric Fottorino	*Cœur d'Afrique*
5366.	Kenzaburô Ôé	*Notes de Hiroshima*
5367.	Per Petterson	*Maudit soit le fleuve du temps*
5368.	Junichirô Tanizaki	*Histoire secrète du sire de Musashi*
5369.	André Gide	*Journal. Une anthologie (1899-1949)*
5370.	Collectif	*Journaux intimes. De Madame de Staël à Pierre Loti*
5371.	Charlotte Brontë	*Jane Eyre*
5372.	Héctor Abad	*L'oubli que nous serons*
5373.	Didier Daeninckx	*Rue des Degrés*
5374.	Hélène Grémillon	*Le confident*
5375.	Erik Fosnes Hansen	*Cantique pour la fin du voyage*
5376.	Fabienne Jacob	*Corps*
5377.	Patrick Lapeyre	*La vie est brève et le désir sans fin*
5378.	Alain Mabanckou	*Demain j'aurai vingt ans*
5379.	Margueritte Duras François Mitterrand	*Le bureau de poste de la rue Dupin et autres entretiens*
5380.	Kate O'Riordan	*Un autre amour*
5381.	Jonathan Coe	*La vie très privée de Mr Sim*
5382.	Scholastique Mukasonga	*La femme aux pieds nus*
5383.	Voltaire	*Candide ou l'Optimisme. Illustré par Quentin Blake*
5384.	Benoît Duteurtre	*Le retour du Général*
5385.	Virginia Woolf	*Les Vagues*
5386.	Nik Cohn	*Rituels tribaux du samedi soir et autres histoires américaines*
5387.	Marc Dugain	*L'insomnie des étoiles*

5388.	Jack Kerouac	*Sur la route. Le rouleau original*
5389.	Jack Kerouac	*Visions de Gérard*
5390.	Antonia Kerr	*Des fleurs pour Zoë*
5391.	Nicolaï Lilin	*Urkas! Itinéraire d'un parfait bandit sibérien*
5392.	Joyce Carol Oates	*Zarbie les Yeux Verts*
5393.	Raymond Queneau	*Exercices de style*
5394.	Michel Quint	*Avec des mains cruelles*
5395.	Philip Roth	*Indignation*
5396.	Sempé-Goscinny	*Les surprises du Petit Nicolas. Histoires inédites-5*
5397.	Michel Tournier	*Voyages et paysages*
5398.	Dominique Zehrfuss	*Peau de caniche*
5399.	Laurence Sterne	*La Vie et les Opinions de Tristram Shandy, Gentleman*
5400.	André Malraux	*Écrits farfelus*
5401.	Jacques Abeille	*Les jardins statuaires*
5402.	Antoine Bello	*Enquête sur la disparition d'Émilie Brunet*
5403.	Philippe Delerm	*Le trottoir au soleil*
5404.	Olivier Marchal	*Rousseau, la comédie des masques*
5405.	Paul Morand	*Londres* suivi de *Le nouveau Londres*
5406.	Katherine Mosby	*Sanctuaires ardents*
5407.	Marie Nimier	*Photo-Photo*
5408.	Arto Paasilinna	*Le potager des malfaiteurs ayant échappé à la pendaison*
5409.	Jean-Marie Rouart	*La guerre amoureuse*
5410.	Paolo Rumiz	*Aux frontières de l'Europe*
5411.	Colin Thubron	*En Sibérie*
5412.	Alexis de Tocqueville	*Quinze jours dans le désert*
5413.	Thomas More	*L'Utopie*
5414.	Madame de Sévigné	*Lettres de l'année 1671*
5415.	Franz Bartelt	*Une sainte fille et autres nouvelles*
5416.	Mikhaïl Boulgakov	*Morphine*

5417. Guillermo Cabrera Infante	*Coupable d'avoir dansé le cha-cha-cha*
5418. Collectif	*Jouons avec les mots. Jeux littéraires*
5419. Guy de Maupassant	*Contes au fil de l'eau*
5420. Thomas Hardy	*Les Intrus de la Maison Haute précédé d'un autre conte du Wessex*
5421. Mohamed Kacimi	*La confession d'Abraham*
5422. Orhan Pamuk	*Mon père et autres textes*
5423. Jonathan Swift	*Modeste proposition et autres textes*
5424. Sylvain Tesson	*L'éternel retour*
5425. David Foenkinos	*Nos séparations*
5426. François Cavanna	*Lune de miel*
5427. Philippe Djian	*Lorsque Lou*
5428. Hans Fallada	*Le buveur*
5429. William Faulkner	*La ville*
5430. Alain Finkielkraut (sous la direction de)	*L'interminable écriture de l'Extermination*
5431. William Golding	*Sa majesté des mouches*
5432. Jean Hatzfeld	*Où en est la nuit*
5433. Gavino Ledda	*Padre Padrone. L'éducation d'un berger Sarde*
5434. Andrea Levy	*Une si longue histoire*
5435. Marco Mancassola	*La vie sexuelle des super-héros*
5436. Saskia Noort	*D'excellents voisins*
5437. Olivia Rosenthal	*Que font les rennes après Noël ?*
5438. Patti Smith	*Just Kids*

*Composition Nord Compo
Impression Novoprint
à Barcelone, le 24 août 2012
Dépôt légal : août 2012*

ISBN 978-2-07-042040-7./Imprimé en Espagne.

171937